飞到世界的另一边

Flight To The Other Side Of The World

赵波 ZhaoBo work

江苏凤凰文艺出版社
JIANGSU PHOENIX LITERATURE AND ART PUBLISHING, LTD

图书在版编目（CIP）数据

飞到世界的另一边 / 赵波著. — 南京：江苏凤凰文艺出版社，2017.4
 ISBN 978-7-5399-9922-7

Ⅰ.①飞… Ⅱ.①赵… Ⅲ.①长篇小说－中国－当代 Ⅳ.①I247.5

中国版本图书馆CIP数据核字(2017)第 017253 号

书　　　名	飞到世界的另一边
著　　　者	赵　波
责 任 编 辑	孙建兵
出 版 发 行	凤凰出版传媒股份有限公司
	江苏凤凰文艺出版社
出版社地址	南京市中央路 165 号，邮编：210009
出版社网址	http://www.jswenyi.com
经　　　销	凤凰出版传媒股份有限公司
印　　　刷	南京新洲印刷有限公司
开　　　本	880×1230 毫米 1/32
印　　　张	8.375
字　　　数	185 千字
版　　　次	2017 年 4 月第 1 版　2017 年 4 月第 1 次印刷
标 准 书 号	ISBN 978-7-5399-9922-7
定　　　价	39.80 元

（江苏凤凰文艺版图书凡印刷、装订错误可随时向承印厂调换）

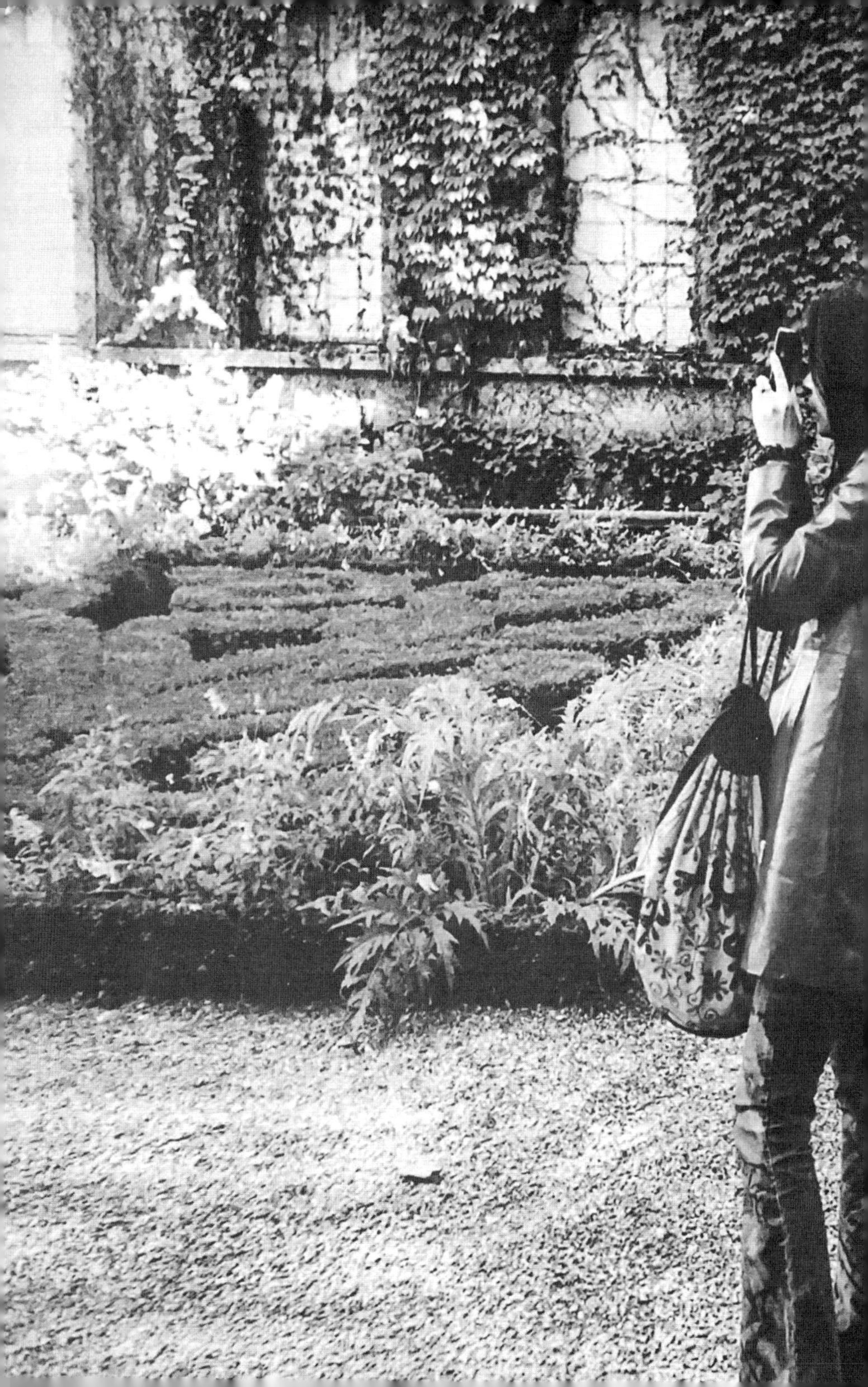

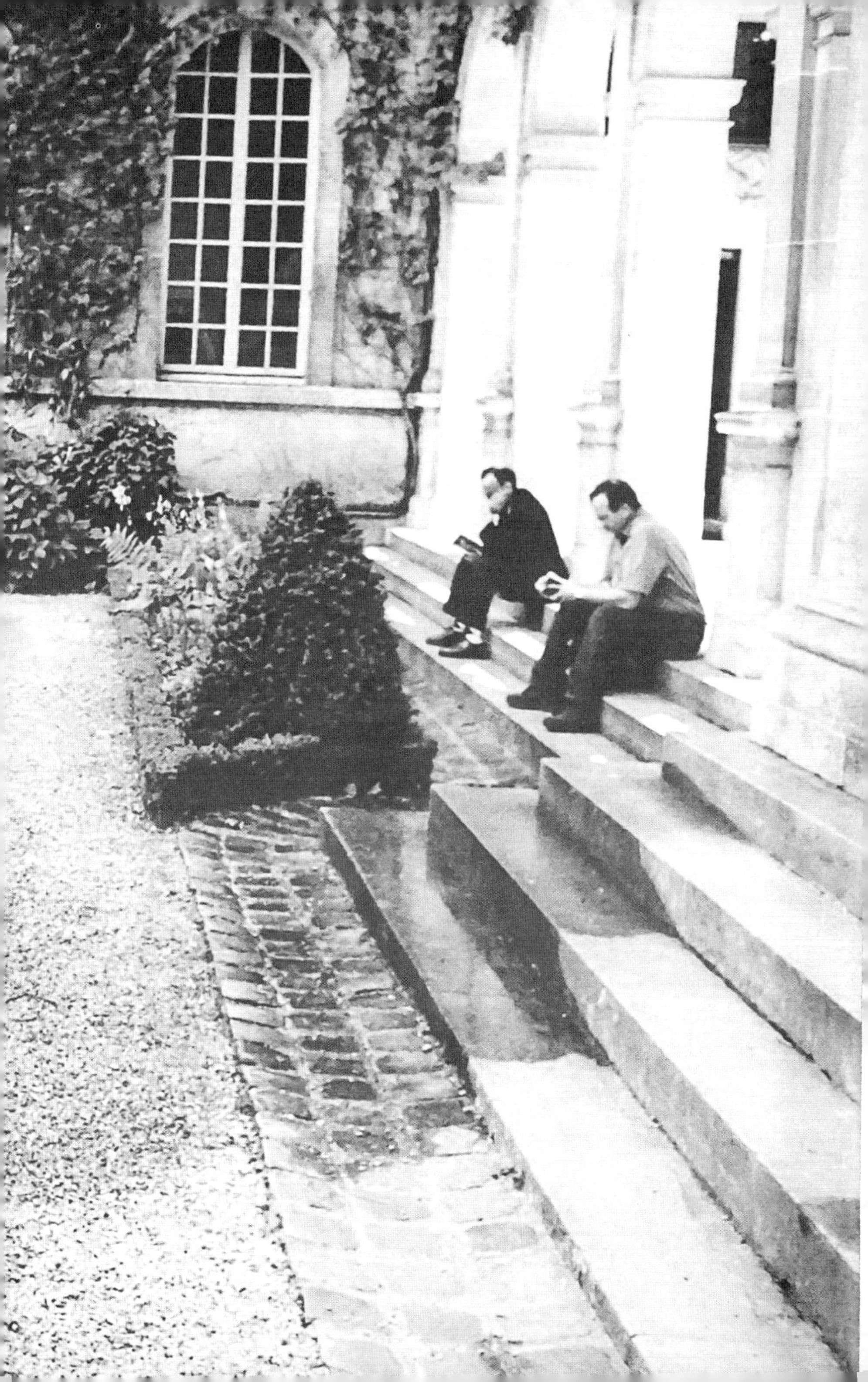

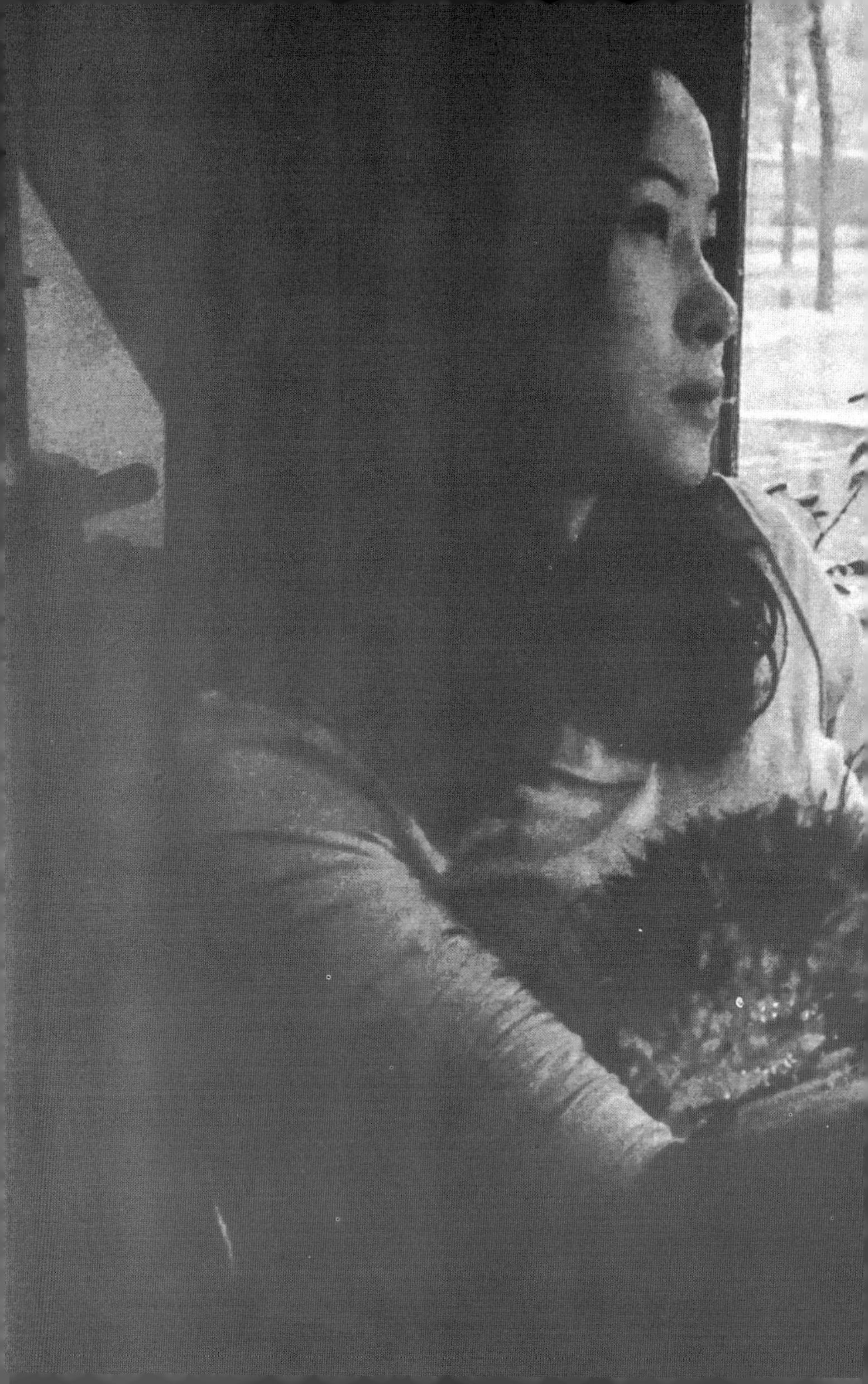

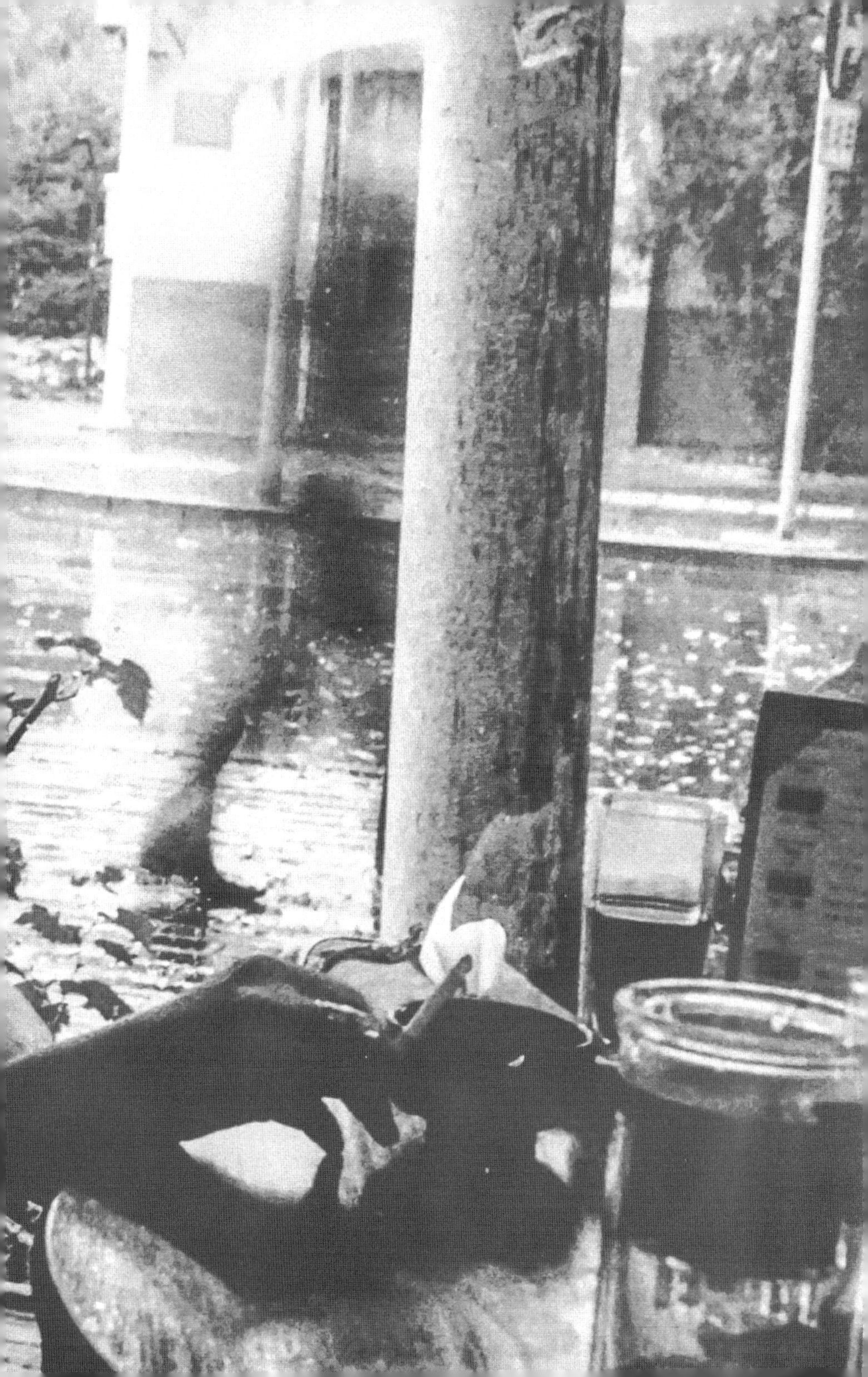

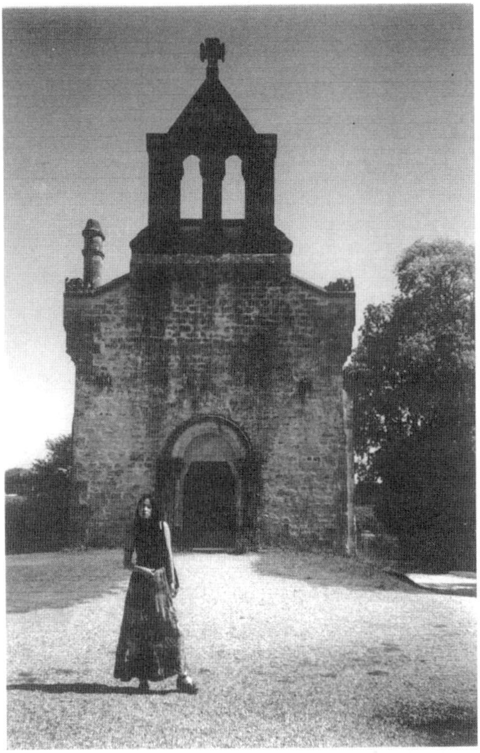

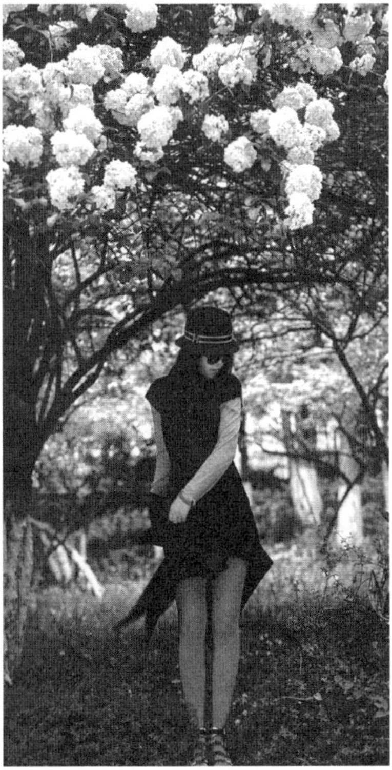

PREFACE
序
集爱妖的五色匣

Part 1
巴黎之约 / 001

莫里亚克 / 004
小说中的那页 / 007

Part 2
多情之恼 / 011

爱情就是遇见一个和自己相似的人 / 011
内心想要什么 / 014

Part 3
海德堡 / 018

孤单之旅 / 018
小气 / 021
闲逛和胡思乱想 / 022

Part 4
意大利 / 027

没有去成佛罗伦萨 / 027
去米兰经过瑞士 / 030
到了米兰,但我没有看见真正的米兰 / 034
威尼斯让我目眩神迷 / 037
我不想被你勾住魂 / 042
罗马的夜晚,孤独让我想生一个孩子 / 044
害怕在大竞技场突然晕倒 / 047
再走一回莱茵河畔 / 053

Part 5
荷兰 / 061

开往阿姆斯特丹的列车上,"金城武"在睡觉 / 061
色情的夜晚下着讨厌的雨 / 066
生活在别处 / 073
想起那些青涩时光 / 083

Part 6
停顿 / 117

不是为了旅行所见,只是在旅行中所思 / 117
在旅行中我开始失去自己 / 120

Part 7
法国 / 123

巴黎我来了 / 123
美食美事 / 127
小凡的画室 / 132
和艺术家闲聊 / 135
所谓艺术家 / 138
光头燕青做导游 / 143
活人墓园和江南的恐怖 / 146
他和她,还有起司先生 / 150
巴黎的慵懒 / 153
卢浮宫,罗丹博物馆,薇薇安穿堂 / 157
女人的性梦 / 160
色情的夜总会 / 168

Part 8
波尔多 / 171

在路上 / 171
住在莫里亚克故居 / 174
故居和伟人 / 177
海边的"四人帮" / 180
牡蛎小姐 / 183
在海边 / 185
穿越情绪隧道 / 189
我理解了莫里亚克 / 192
夜游的女人 / 195

Part 9
重返巴黎 / 198

城市里的孩子:萨冈和我 / 198
南·戈丁的摄影 / 208
TOKYO 博物馆 / 210
光头老方 / 213
刺猬一样的我们如何相处 / 217
摩托车上的情梦 / 223
再见正如不见 / 226
最后在巴黎做客 / 229

Part 10
尾声 / 234

摩尔最后的几封信 / 237
没有能够对他说出的话 / 240

后记 / 243

赵波出版作品年表 / 248

序

PREFACE

集爱妖的五色匣

认识赵波,可能是在 1993 年的上海。
后来见她,是在北京。
最近一次见她,是在 2016 年的广州。
有那么点"落花时节又逢君"的意思,只是花到岭南无月令,四季如夏,阳光晃眼花红柳绿。

见面礼是熊抱。
大笑,因为想起从前她那些旧友封她一个绰号,叫赵大波。也罢,大俗即大雅就着落此处。我记得从前有个故事,女主是杨玉环转世，雪肌盛胸，她闺蜜给起了个绰号，叫做"四十"，暗说胸围尺寸，英寸。

当年的赵波和现在的她都是个大美女。不是客气话，石康就在写赵波的时候有些纳罕，说她明明能凭姿色混，可还是写写写。现在的她和以前相比多了温暖和大气。

我猜赵波不太高兴大家在夸她的写作之前先这么夸她的姿色。如果早些时候可能还行，现在不行，美女作家很像是骂人的话。作家就是作家，美女就是美女，别放在一块说。可是大家还是忍不住要夸。

美女时常还是能碰见的，只要你找对地方；可是上来就跟你掏心窝子的美女就不多了，赵波算一个，好像不知道自己长得好，这点很招人喜欢。

听着美女朋友当面和你说心事和看她白纸黑字地写，还是不一样的。

当然赵波没怎么和我当面说什么大不了的事，因为不在一个城市，没事也不打电话。

甚至失联了很久,还好社交网络时代来临,又找了回来。

赵波爱写,回回见面都会挺高兴地说,我又写了啥啥啥,或者又拿出一本新作。只是没曾想过,这么多年过去,她依然这样。

很多年前,她出版《混合起司》,我写过她几句,说她像只迷惘小狐,在城市里徜徉,给她时间,她会成精。

成精是要度劫的。她去度了。

在这本书里,她去了欧洲:

"我已经不是一个小姑娘,我喜欢看着这样随手可得却又故意放手的东西,真正的火焰从来不会熄灭,它只会暗暗地保持着温度等待合适的机会复燃……我知道这样的激情会随着时间慢慢淡下来,慢慢平复,我们都经历过这样的感受,有时候它像一种情绪的热病,突然发作,几天,一个月,或者几年,在你情感的土壤上回头再看它,已经成灰成烬。"

"即使成灰成烬也好过从没有碰撞出火花。"

"只要爱过,就不会忘记,即使他已经走远,即使已经交错走开,爱的滋味长留心间,犹如年少时吃过的橄榄的滋味。我很盼望能够用一辈子始终如一地爱一个人。可那很难。"

赵波是那种先天能量配额充足的人。她的温度和能量在于,只要来了,其他人莫名就可以热闹兴致起来,而且一直天真,问什么说什么,没有秘密;想要什么就说要什么,仿佛人家里出来的小孩子那种坦然。似乎看不到防人之心,一路走一路捡回来的朋友们,都挺神奇。

她在这本书里说:

"爱不很单纯,它是妖怪,多变,有着表情丰富善于沉醉和诱惑的脸,使得我们在爱着一个人的时候会爱上另外一个人……我现在知道,爱有很多种,有很多种不同的层面,不同的人,不同的交往到达不同的层面,看到不同的风景。面对不同的对象,激发出不一样的东西,不一样的感情、感觉和爱。也许只有人类,才有如此丰富的感受和经验。"

如果要用赵波编个玄幻故事,我会说从前远古有种妖,叫做集爱妖,她们成精的练级之路,是集满很多不同类型的爱,体会和炼化。

旧事影影绰绰远去,伊人笑靥如花。

翻开她的这本新书,替她点算一下她新集回来的五彩斑斓。

黄爱东西
2016 年 12 月 12 日

Part 1　巴黎之约

在我决定赴摩尔的巴黎之约后，香港的律师朋友蚂蚁把一本海明威的叙事散文《巴黎的盛宴》带到北京送给我。

1957年的秋天，海明威在古巴开始写的这本书，关于1921年至1926年他和第一任妻子在巴黎的那段岁月。那是早年的巴黎，海明威很穷但很快乐的日子——

我从来没有特别留意过巴黎，对于我，它是一个遥远的存在。越是著名，随时会有关于它的文字画片出现，我越没有好奇心。一个城市和一个人有没有关系，要看在那个城市有没有一个可以惦念的人。

一旦有那样一个人出现，那个城市便会突然与你产生关联。

你想起它，便想起了一些真实的色彩，气味，形象。

不再是电影里的,或者明信片带来的影像。

摩尔在一年多前第一次来到中国,那是夏天的一个夜晚,在北京出现,他是一名记者,自己出过一本书,里面有他拍的照片,文字则是关于他记录的眼里所看到的印度、越南、日本和中国。

那天在北京的一个演唱会后,他和我同时出现在演出单位举办的酒会中。他和一帮驻京的老法记者朋友们在一起,那是他待在北京的最后一晚,第二天他去上海,然后从上海回巴黎。

那天晚上,我兴高采烈,旁边一群老朋友,在自己的地盘上,甚至举办演出参加演出的都是自己人,我只是去捧场,衣着鲜亮,夏季的夜晚是明媚的,我也是明媚的:红色的吊带裙,镶着淡绿仿古的金色碎花边。每个人都在笑,生活在此刻非常美好。

我喝了很多酒,并且很快就开始散发酒意。那是我最有诱惑力的时候,我知道一个放松,喝酒到恰到好处眯着眼睛脸带红晕甜甜笑着的女人有多可爱。

老法堆里的男人和女人都在向我们的中国堆靠拢,一个漂亮的法国女孩儿抱紧我,我也抱紧她,我们很快抱在一起,喝过酒了的人们凑过来看这两个醉意弥漫的小女人。

我们说了很多话,用第三个国家的语言,我忘了我们究竟说了一些什么,只知道气氛融洽。那个夏夜春意弥漫,那个酒吧叫"鹅和鸭",摩尔就在那个人堆里出现,他年轻,清秀,腼腆,褐色的卷发，奶白色的皮肤，他一直在找话和我说，并且用一种害羞的眼神微笑着看我，而我送了一个中文名字给他，后来他一直用着那个名字，在巴黎的工作名片上也可以看到。

他知道我是一个写作的女人，这是他们报社另外一个记者向他通报的。

他们报社驻京的一个记者告诉我，摩尔的祖父是个很有名的作家。

后来他给我写信，信箱的名称看得出他的全名。

莫里亚克，那个我喜欢的法国作家原来是他的祖父。

我不再怀疑，那份眼熟是有原因的。

他走近我，身上带着我喜欢的一个作家的气味。

我感到隐隐的熟悉和吸引，原来那是来自他血管深处另外一人的血脉。

不止一人和我说起过他：莫里亚克。

他那样的作家让人害怕提起，他所怀有的感情让人战栗。

在我的手边，经常有一本赤豆红色封面上面有莫里亚克像的诺贝尔文学丛书之《爱的荒漠》。我经常把它打开，在我短暂而又漫长的婚姻生活中，我把它们一读再读，那些文字循循善诱，引我一次次放纵自己的心灵和想象，那既是一次次惊心动魄的阅读，又仿佛是点着蜡烛切蛋糕，在春天的冰面上进行生日派对。

除了弗朗索瓦·莫里亚克，还有谁能够如此美丽如此危险？

我不知道。

他出生在盛产葡萄酒的法国西南部城市波尔多（我没想到有一天我会去那里，住在他待过的一栋房子里，当然他的房间都保留着，已经成为当地著名的陈列馆了），他的父亲很早便去世了。深得母亲疼爱，他从小就喜欢读书写作。而且，受到自己家庭浓厚的天主教氛围影响，莫里亚克对笔下的芸芸众生一直充满了怜惜，甚至是有罪的人，他都不肯加以惩罚鞭挞。这样的作家往往是病态的，他们的小说只需读上一遍，就刻骨铭心地印到你脑海里去了，像微暗的火，慢慢喘息摇曳着，把你深深灼痛。陀思妥耶夫斯基、格雷厄姆·格林、伊夫林·沃都是这一类的小说家，相比起来，莫里亚克对于绝望心理的描述最为细腻沉挚。

莫里亚克

初读莫里亚克，是部中篇小说《母亲大人》，描写了畸形的母爱给儿女造成的伤害，简直就像《孔雀东南飞》的外文版，当时我的感受是太可怕了，他竟敢这样讲故事，完全不合常理。故事开始的时候，刚刚流产的玛蒂尔德高烧不退，睁大眼睛凝视着天花板上不停晃动的光晕,丈夫跟随严厉的婆婆出去了,把她单独留在了那间嘈杂的小楼之内。莫里亚克的听觉感官十分敏锐,我们可以从短暂的第一小节当中读到绿色杯子的颤动、蟋蟀的鸣唱、火车隆隆地行驶过河上的铁桥、树枝沙沙的响声,甚至连窗外的山梅花香和煤烟的气味都被暮春的夜风给吹送进来了。可怜的玛蒂尔德昏睡才醒,发冷得直打寒战,却没有人来陪伴。她只能够跟一条唤作贝利乌的狗交谈,叫喊佣人的铃绳悠来荡去,然而安装在这幢漆黑古老的住宅里的闹铃,却始终一言不发。丈夫时刻处在婆婆的严密监控之下,玛蒂尔德回想起他们定亲那天,她那身材高大的婆婆站在小客厅的平台上对着自己怒吼,你别想占有我儿,你永远别想把我儿从我身边夺走。

再读莫里亚克,就是收录在《爱的荒漠》一书中的《黛莱丝·德克鲁》。

莫里亚克劈头盖脸地写道:"黛莱丝,许多人将会说你没有在世上活过。"这叫什么话,她到底犯了什么罪过?语气就跟纪念鲁迅的诗歌《有的人》似的,"有的人活着,他已经死了;有的人死了,他还活着。"当故事里的女主角决心用毒药害死自己的丈夫,我不禁倒吸了一口冷气,终于相信了杜拉斯的那句名言:你把我给毁了,这对我有好处。

我最喜欢的永远是《爱的沙漠》,它是我写《等待30岁的来临》

那篇小说的动机。

发表于 1925 年的这部长篇获得了法兰西学院小说大奖，也为日后莫里亚克赢得 1952 年诺贝尔文学奖桂冠奠定了坚实基础。当故事讲述到第六页的时候，忘记带口红的女主角玛丽亚·克鲁斯登场了，那是一家充斥了爵士乐、吊扇杂音和嗡嗡作响的曼陀林琴声的狭小酒吧间。

雷蒙·库莱热——一个医生的儿子，怨恨自己的父亲。他坐定在鸡尾酒面前，静候她的到来。莫里亚克的描述非常生动具体，对人物内心的揭示更是细致入微，他把风韵犹存的孀妇玛丽亚比喻成童年时代走过的一条路，即使覆盖它的栎树已被砍光，仍然清晰可辨。于是，我们看到了玛丽亚那双又大又安详的眼睛和宽阔的前额，听到了雷蒙"我十八岁的时候她二十七岁"的伤心自白，也读懂了一个少男的青春热恋。小说缓缓地展开了倒叙，雷蒙是搭乘有轨电车上学回家的，"有轨电车像活动的焰火"，瞬间照亮了住宅四周的紫杉和千金榆，空中飘浮着朽木和树叶的气味，这段路程是他获得自由解放的时间。他们就在车上邂逅相知。然而，他不应该爱上这个危险的女人，因为他是库莱热大夫的儿子，父子俩怎么可以同时喜欢一个不安分的寡妇呢？莫里亚克很会折磨他笔下的主人公。故事的结尾，雷蒙穿过凄凉的塞纳河，走上发车站台，送别自己的父亲。老人正慈爱地凝视着他，并且在始终不肯结婚的儿子身上找到了自己逝去生命的一部分。

有一天我读到莫里亚克在接受记者采访时提到了那个"前天夜里",他通过收音机听到了《爱的沙漠》的改编剧,尽管原著受到了曲解,但作家还是一下就认出了库莱热大夫、雷蒙和他们共有的情人玛丽亚。大师深情地对记者谈道:"这个小小的世界,三十年前就离开我了,可又在说话,在我面前受难。"

小说中的那页

我想寻找这样一个打动了我心的异国的作家,他的轨迹,我可以找到他了,为什么他已远去?

既然我们有缘,有一天我能找到一条接近他的线索,为什么他已早早离去,只留给我凭吊他生前的足迹。

我要带着收录《等待30岁的来临》的我的中短篇小说集去找他,尽管他看不懂中文,但我会把书翻到写有莫里亚克这个名字和《爱的荒漠》一书的那一页,给他看,现在他不在了,我只有给他的孙子看,摩尔也看不懂,但是我告诉他那是属于他们的名字:

在婚后的三年中,我始终在看一本书,始终没有看完。法国作家莫里亚克的《爱的荒漠》,这本书在1952年获得诺贝尔文学奖。

我喜欢这个男人使用的那些句子，例如：肉体上的乐趣和厌恶就像闪电和霹雳一样交织，闪烁袭击。她的身体使用过度，带着低贱的自我磨损的痕迹。没有欲望，只是一种肮脏的习惯。她睡觉没有呼吸，仿佛已在睡眠中死去。我需要独自待一会儿，你明白，我必须独自待着……

这个故事好像很简单又很复杂，一个三十五岁的男人雷蒙在酒吧间遇到十七年前爱过又伤过他心的女人玛丽亚·克罗丝，当年她二十七岁，他还是一个十八岁的中学生。当年，雷蒙和克罗丝经常在电车上遇到，一个成熟妇人的目光使一个肮脏的中学生身上出现了一个新人，犹如第一铲土使完美的雕塑部分地露出了地面。他开始早起，梳头发，烫裤子，还涂手指甲，妄图吸引那个每天注视他的电车上的女人。而刚刚丧子的克罗丝此时也正吸引着男孩儿的医生父亲，漫长的婚后生活使医生仿佛身处荒漠，他迷上了克罗丝，但又羞于表达，情愿常常地坐在她那挂着布帏和毯子的厅里等待她或候在她的身边，注视这个女人沉浸在自己思想中的容颜。她把医生放在神父的位置，对他倾吐心声，给他写信，但是对他本人无动于衷，从来不放在心上。他对她仿佛是毫无价值的存在。

医生因爱煎熬，但他却不知道身边他的孩子就是他的情敌，这个好像处在突如其来的春天中的男孩儿雷蒙。男孩儿让克罗丝迷恋，她开始让男孩儿来家中探望她，但是当男孩儿真的想对她动真的时候,妇人却出于奇怪的心理,怕纯洁的男孩因此而改变对自己的看法,她拒绝了男孩儿,赶他出门,自己却差点儿从楼上跌下致死。

十七年后,经历无数女人,一心想再见到克罗丝时报复她让她难堪的雷蒙真的见到故人,她明显老了,但额头仍然发亮,闪着智慧的光,眼睛明亮,如同以前那样清澈,仿佛回到过去,他根本无法对她使坏,反而替她把醉酒的丈夫扶回旅馆,还叫来他那失去联系多年的老父亲来替她的丈夫看病。

过往的烟云终已是过去了的,对这对父子来说都像一个谜似的女人——玛丽亚·克罗丝仿佛已将过去完全忘记。我喜欢这个女人的善变和冷静。

人人都形同沙漠,父亲一辈子也不能了解儿子,妻子一生也不能走近丈夫的内心,而雷蒙也永远不能了解克罗丝的心,到最后他还盼望着能得到一丝温情,老了的克罗丝却只是剩下驱赶他留下的香烟味道的那个手势和动作。

爱究竟是什么?我始终在看这本书,只有法国人才会那么的循循善诱,我开始对我自己的生活产生了疑问,我开始问自己:

谁是我睡时和醒来时想到的第一个人?

答案常常有很多,但都不是小顾,我开始有了坏脾气,又有了一张被坏脾气和不满意宠坏和摧残的脸。也许只有对什么人都一概视而不见,见到我这样表情的人是不幸的。

摩尔是老人四个儿女中最小儿子的孩子,小儿子是莫里亚克的最宠,我甚至怀疑摩尔的父亲就是《爱的荒漠》一书中那个儿子雷蒙的原型,因为他很晚结婚,摩尔说他的父亲和母亲年龄相差很大,父亲四十几岁才结婚并有了他和妹妹。

我认识的这个人,身上流着莫里亚克的血?

这一点很长时间让我感觉神奇。

我的欧洲之旅在那时开始有了影子。

当摩尔问我几时会去巴黎的时候,巴黎离我不再遥远。

Part 2　多情之恼

爱情就是遇见一个和自己相似的人

　　幸亏我做好了一切，只等启程，不然我会因为月初遇到的一个神秘男子而放弃去巴黎，去见摩尔，我对那个男人有直觉，那种直觉像火柴，好像照亮了未来的某些样子。不同的男人会带给你不同的未来。有的未来在想象中就值得期盼，而有些期盼便使你更深地陷入错觉。

　　有句话说：爱是靠彼此相似或想象相似而存在。

　　有时候你爱的是外表或内心和你最接近的那个人。

你在他的身上突然发现了你熟悉的另一个隐蔽的自己，或者他（她）的身上隐藏着你想成为的一部分。

就这样彼此吸引。

那份理解好像与生俱来。

奇遇总是在一瞬间发生。

在某一瞬间，走进一个房间，遇见一位神秘酷帅的男子而改变了我的一生。

就像一场注定了的梦。

突降的爱情总是从一闪而过的眼神和一股澎湃的肾上腺素开始，然后总是不可避免地带来某些激情。

内心充满发现的喜悦，连空气中也带着那种眩晕的感觉。

我并不相信我的直觉，直觉在一瞬间固执地发生，但会影响我们对很多人很多事情客观的判断。

可是，在那些不由自主的瞬间，我们只有听凭神的主宰，直觉就是盲目。

那种感觉神秘又古怪，不可言说，他的眼睛对我胜券在握，好像一个劲地在说："你是我的，你天生就属于我！"

因为对于那种强烈直觉的害怕，我反倒开始回避他，冷淡他，但我内心热情如火，一个劲地在默默对他承认：是的，我愿意是你的，我愿意只是你的，锁住我吧，夺去我的自由吧，我愿意为你付出一切。

热情如火，我不知道为什么内心会突然地热情如火？

那属于爱情的火焰你不知道它从何而来，你无法控制它的方向，它说来就来，连个招呼也不打，它占据了你的心房，像个强盗一般。

面对一切，你束手无策，乖乖地招供，在爱情的面前，我天生是个温柔的囚犯。

爱所意味的权利就是，我愿意接受他的一切主宰，他有任意支配我的时间和精力的权利。

只有不爱，才会把支配我的权利自动从他那里收回。

有些爱情只能催眠我很短的时间，很快就让我清醒，在爱情游戏中退出。

我多想这个人掌握无比的魔力，控制我，永远让我做他心甘情愿的囚徒。

愿意让他高高在上，成为我的王，即使他自私一切为己，也愿意为他奉献自身。

我多想去见他，去和他在一起，多么不愿意心里刚知道有他的存在，转瞬就要天各一方。

但理智告诉我，还是别让一切发生。在我远行前，别让一切开始，情愿怀揣相思，想着他，念着他，在异国他乡，经历我原本应该经历的一切，然后带着距离考验我对他感情的真实度，想明白自己心里真正要的。

内心想要什么

是的,内心真正想要什么呢?

难道就是不安分吗?

金属正在不远之处凝视着我,以前我们也开始在一瞬间,也曾经如火如荼,他经常从相隔千里的两个城市之间飞来飞去,他的激情曾经让我珍惜,然后我们终于生活在同一个城市,可并不天天在一起,很多事情在发生,我们之间有了距离,生活里有更重要的东西要去争取,对男人来说更是如此。

如同贝尔托鲁齐的一部叫《遮蔽的天空》的电影,一男一女妄图用去非洲的旅行来拯救他们的婚姻,他们生活在爱情中,可爱情并未让他们感到幸福。这是一种比漠然更让人伤脑筋的东西。

我们的爱情变淡了,爱人终于退后变成了相知相解的战友。不见面我们不再思恋,见了面会有一种复杂的情绪,好像看见彼此就看到了彼此过去的一些样子,那是相互失去的活的证明。

金属说他还会习惯性地想知道我的现在,了解一个过去爱过的女人,知道她的现状,即使已和自己无关,可那已成为一种内心习惯。

我理解那种需要,他需要了解我的状况,并不意味着就需要和我待在一起，我也常常有这样的需要，不和他在一起但知道一些曾经的爱人的情况。很难解释这样的需要，我把这看作自私，骗自己如果知道他很好我也就放心了。

不管怎样，他知道我非常坦然，怀有欲望，一切都磊落得近乎光明。

心里装着旧爱，开始新的爱情。

不由自主肾上腺激素飞扬，也许只因为还年轻，谁都没错，谁都会犯错。

忍住这种突如其来的爱情，忍住这种相思之苦，去完成我的欧洲之行，这很难吗？

也许。但我已经不是一个小姑娘，我喜欢看着这样随手可得却又故意放手的东西，真正的火焰从来不会熄灭，它只会暗暗地保持着温度等待合适的机会复燃。距离会夸大他的一切，让你觉得他更珍贵，更会像要把他得到和珍惜。我知道这样的激情会随着时间慢慢淡下来，慢慢平复，我们都经历过这样的感受，有时候它像一种情绪的热病，突然发作，几天，一个月，或者几年，在你情感的土壤上回头再看它，已经成灰成烬。

即使成灰成烬也好过从没有碰撞出火花。

情感一旦存在，爱便像一颗子弹划过你情感的天空，你的身体内便留下了弹痕。

一直到死,它都存在,一道又一道,最后我们将死于伤痕累累。

只要爱过,就不会忘记,即使他已经走远,即使已经交错走开,爱的滋味长留心间,犹如年少时吃过的橄榄的滋味。

我很盼望能够用一辈子始终如一地爱一个人。

可那很难。有时候,我搞不清自己,爱上一个人,为什么还是会为另一个男人动心,又会想去另外一个地方,接触另外一种陌生。

但也是在我去了另外一个地方,和另外一个男人在一起后,因为发现心里对那个人念念不忘,身体没和他在一起心灵也始终像是和他在一起,他是你每天入睡前和每天早晨醒来时想到的第一个人,那时才明白爱的占有意味着什么。

你交出了一颗心,付出了一片情,你的心里便留下了一片烙印。

什么叫刻骨铭心,石子在贝壳里怎样被慢慢磨成珍珠?我想真正爱过的人才会懂得。

接受一个人,对他日思夜想,直到他成为你肉体的一部分,直到痛苦也成为你的一种习惯。

这样的过程,像鸦片,慢慢上瘾,既甜又苦,麻而且痒,你会爱上这样丰富的感觉,因为不是经常可以体验得到,不是做戏就可以体验。它不能设计,无法预定;它盲目,没有方向,说来就来,说走会走,爱是人类情感中唯一没被玷污的净土。

所以,爱不很单纯,它是妖怪,多变,有着表情丰富善于沉醉和诱惑的脸，使得我们在爱着一个人的时候会爱上另外一个人。

在对一个人怀着痛苦的时候，会因为另外一个人再次进入另一种痛苦。

我现在知道，爱有很多种，有很多种不同的层面，不同的人，不同的交往到达不同的层面，看到不同的风景。面对不同的对象，激发出不一样的东西，不一样的感情、感觉和爱。

也许只有人类，才有如此丰富的感受和经验。

成熟就是让你面对生命给你的一切多变，在变中成长，不断收获成长的经验。

所有的经验都是让你变得更好，更懂事，对人生更坦然的法宝。

Part 3　海德堡

孤单之旅

旅行路线一改再改。

欧元区有十二个国家：奥地利、比利时、芬兰、德国、法国、希腊、爱尔兰、意大利、卢森堡、荷兰、葡萄牙、西班牙。

我想去希腊，德国，法国，意大利，荷兰和西班牙。假期却只有一个月。

有经验的朋友说我肯定来不及去这么多地方，如果我不想走马观花的话。

他们说我可以一到法兰克福机场,就先去希腊,然后飞法国,再在意大利或西班牙待一下,最后去荷兰,再回德国,从法兰克福机场返航。

我像一只没头的苍蝇,追着我的向导问最佳路线。

其实所有的路线都是临时的,情况总是在变化中,一个微小决定影响其中一节,所有的路线都会因此调整,我索性抱着随心所欲的想法走哪儿算哪儿了。

后来的情形也确实被证明无法预先规划,我到达法兰克福那个从上面连到地下硕大无比的机场,看也没看法兰克福,就坐地铁快车花了一个小时直接去了海德堡。曾经有位作家朋友在海德堡大学执教,我做杂志期间向他组稿,他寄回很多照片,文字是关于废弃的古堡、品酒节和当地具有传统风味的餐厅,还有位于海德堡山腰间的纳粹遗址,这座在二次大战中未被侵害的老城,对着莱卡河,向以大学城见称。据说街道和风景曾给黑格尔、歌德及很多作曲家很多创作灵感,诗人歌德把它称为"把心遗忘的地方",万千情侣也喜欢在那儿缔结百年。

从火车总站乘市内电车进入旧区的俾斯麦广场,就可以到处闲逛,市内电车六欧元可以无限次地乘坐。城内有整片的商业区,露天酒吧和茶座,充满哲学味道的街头,无数风光美妙的旧桥和小河,加上古堡,是浪漫德国的代表之一。

我是经过十几小时的飞行,再坐了一个小时的地铁,在晚上九点多光景到达海德堡火车总站的,我知道当时坐市内电车去旧城找旅馆的话价钱会便宜些,第二天直接出门玩起来也方便,可是一出站,脑袋只嗡嗡地响,四下乱看,"IBIS"欧洲连锁旅店的招牌直接进入我的眼帘,我也就立刻打定主意就在火车总站旁的这家旅店睡上一觉,明天看好去意大利米兰、威尼斯的火车时刻,把行李寄存后再去旧城区痛痛快快地玩。

在北京我是晚上工作白天睡觉,在海德堡的晚上,时差是不用倒了。花75欧元住进干净的小标准间,在国内这种类似假日宾馆的房间一百多元人民币也就搞定了,我心里嘀咕着,吃了几口面包,又困又累,洗完热水澡很快便甜蜜地入睡,连梦也没做一个。

一早起来,空气真好,从旅馆的窗口看出去,是车站那边停车棚似的一排排屋顶,浅灰色的,天空也是浅灰色的。据说德国的天气经常发灰,所以他们看见出太阳会很兴奋,都很喜欢出来晒太阳。像我那样贫血而苍白的脸一看就是个没时间晒太阳的穷人。

街上有骑自行车的当地人,我给留大胡子的壮老头儿取名为马克思爷爷,给穿着黑白长袍的修女取名叫特丽莎嬷嬷,看着马克思爷爷骑着自行车身轻如燕地经过特丽莎嬷嬷们的身边,感觉奇妙。

小气

　　去看了火车的时刻，有晚上连夜开往意大利的夜车，明天早上到米兰，停留一会，还有车去威尼斯，去罗马的车因为是大站的缘故就更多了。因为我买的是火车的经济通票，也就是一天二十四小时之内我可以任意去哪一站，只要预先订个位，除了欧洲之星豪华特快(像飞机航班上一样提供饮料等服务)，一般我都可以坐免费的一等舱，这样的待遇真是奢侈，欧洲人出门都未见得到处坐一等舱，也因此我这次坐车的条件极好，到哪里火车上舱位里都空空的，座位宽敞，可以尽情睡觉。当然坐晚上的夜车，整个车厢没人，心里也会害怕，怕有劫匪突然出现，我想那就会哑巴吃黄连有苦说不出的，但是坐夜车的好处是可以省掉一个晚上的旅馆房钱。坐着舒服的软皮座位，到早晨就可以看见瑞士的湖泊、山脉，然后一路开到米兰，这样的好事何乐而不为呢。

　　就这样，定好了晚上的夜行火车票，然后听从一个德国留学生的建议，去车站附近的"LIDL"连锁超市买了一袋面包、香肠、水果、矿泉水、胶卷等等东西，价钱比海德堡商店里的便宜很多很多，我甚至后悔不该在国内买胶卷，这里的胶卷比国内便宜一倍。

　　我想起王朔说的话，在国外待久了人会变得小气，请别人吃饭都会舍不得。

真的是这样,我都讨厌自己了,老是在比较价钱,老怕身上带的钱不够,撑不下去的话会很麻烦,这都是因为现在一切全要靠自己,连个电话也没人可打。想想,小气也有小气的理由,人是需要安全感的动物,为自己打算得多一点保护好自己这不是错,这是天性。

闲逛和胡思乱想

终于坐上市区的观光车开往海德堡旧城了。

它已经完全旅游化了,像云南大理和丽江,酒吧、商店、老街和古巷,有轨观光车从坡路上来回往返,我坐了两个来回在车上观看市容,一边发呆。

买了一个卷火鸡肉的饼,看上去像大蛋筒。

在一家连着一家小店的街上随意闲逛,去了一家唱片店,店主是个五十多岁的帅男人,以前自己也是摇滚乐队主唱,当然没出名,年轻本身需要摇滚。我有个在音乐台工作的朋友收集了几千张老唱片,胶木的、木纹的,各种我们一般听 CD 的人不会收集的老唱片他都有。那些唱片很贵,也很重,每次出国他带回去最多的就是唱片。

有人问他如果家里着火了怎么办,他说重要的不在于它有多少唱片,而在于他经常听它们,经常和它们沟通。

在记忆里他清楚地记得它们哪一张放在唱片架的哪一层,闭上眼睛伸出手他好像就随时找到了它们。一个生活在音乐中的人是幸福的,在音乐中他可以体验各种各样的人生。音乐变成他的鸦片,就像爱对于我们这样爱做梦的女人。我觉得用心投入一个人或一件事情并且得到回报的话,都会让人感到幸福。

他的幸福还在于他为音乐工作,他是一个 DJ,上帝经常借着他的手让他放好听的音乐给人听,让人迷醉和起舞。音乐也是一个人逃避现实让心灵在无形中放逐的一个极乐世界。

我在唱片店里看着那些老唱片封套里的唱片,很想给他买一张做礼物,可思来想去,还是算了:一个是难带,唱片易被损坏,而我还有很长时间在外面漂;一个是我怕我买的他早就有了。

我还是喜欢待在唱片店和书店里,墙上贴着鲍勃迪伦,Pink Floyd,Beatles,John Lee 的 Hooker 等等的海报招贴,那些名字在任何一个角落闪烁,你都会觉得亲近,听到他们的声音在你耳边响起你就像回家了,回到了给你听那些音乐的人和生活之中。

和店主拍了合影,他又给我和贴在墙上的年轻时的鲍勃迪伦拍了合影,鲍勃迪伦说年轻时我们都以为自己能改变世界,到后来才发现我们无一例外都被世界改变。他还说没有真正的完全的自由,即使是天上飞的鸟也会感觉到无形中的牵引。

鲍勃迪伦是一个歌唱的先知，浪荡又带着邪气。

出唱片店不远，就到海德堡大学。敞开的校园，因为下午阳光正好，喷泉池旁大学生们正在三三两两地喝酒，聊天，晒太阳。校园像公园或者露天酒吧，这一点真是逍遥，就像我后来去街上另外一栋大楼上网所遇到的情况一样，他们的教育和服务设施是敞开的，免费的，你只要不损坏它们，又守纪律，可以享受那一切便利。

没有人刁难你，没有人觉得这里面什么是特权，这种平等独立的心态在国外总是会感觉得强一点。当然他们有他们的禁律，那是我作为旅行者体会不到的难处。

当然，要别人平等对待，你看起来不能穷，穷相毕露到哪儿都不受欢迎，欺贫爱富是人的本性，和是什么国家的无关。

他们对人应具有的基本素养要求很高，也就是更要求人的自律，山上有哲学家小径，在旧海德堡大学隐蔽处还设有学生监狱，自1712年开始的两百年期间，这里是反省室，用作惩罚犯了过失的学生。

我发觉已经累了，沿着河边看了一圈古堡，老桥，还有小教堂，那些雕塑让我眼乏。

好在随处都是可以休息的花园，躺在一张长椅上看天看云，天那样蓝，云那样白，屋顶是片片红瓦的，没有高楼遮挡，对面小楼里的妇人正在用彩色油漆漆窗子，在他们这些住在这里的居民看来，日子和平时没有什么区别吧。他们生活在其中，不是一站接着一站的旅行，他们是悠闲的，我们是累的。

想看的欲望让我累，出发让我累，如果安于待在一个不变之地，守住一个不变之人，也许我会不累。

但是一直那样，也许我会老得很快。

也许还是会保养得很好，不老，但是会眼里一看就有苍老。

麻木容易让人苍老。

那是瞒不住和藏不了的苍老，和皱纹及年纪无关。

况且，死水无波地生活，那样的生活，要它又有何意义？

重复、拷贝无数人的生活，和任何人一样那样来上一圈，对我来说有何意义可言？

可是我反复在寻找的意义又是一个什么东西？我甚至说不清它是长还是方。

是我太挑剔了吗？

我需要一次次地出发，然后一次次地归来。

眼神清亮有神，内心敏感，充满幻想，期待奇遇，身体像羚羊一般充满弹性——

需要有出发的自由和归来的安全感，随心所欲，在不同的路途里享受不一样的心情。

也许这样想本身是一种病。

先不再想了。

那边有一辆崭新的红色敞篷跑车停在一座古堡面前，在如画的风景中，一切很有诱惑力。

一个女人，如果和一个她心爱的男人，住在这古堡里，他们是古堡的主人，古堡里的一切极尽奢华和格调之能事，只要你看过就不可能不羡慕。她每天坐着他开的跑车出去兜风，风缓缓地吹，男人和女人在淡雾弥漫中四目相投深深地亲吻——她漂亮他俊逸，他性感她温柔，他们一爱就爱了个天长地久，有闲有钱，有品位又懂浪漫，天哪，这样的事情只有白痴才相信！

残酷的事实是，富有常常让人失去想象和激情，日子变得乏味和平淡，容易同床异梦。

当你得到一切的时候，恰恰正是失去它们之时。

很多东西只在想象中存活，它的不真实恰恰正是它真实的地方。

我在我不在的那人身边。

我在我不在之处。

世界像一块不被任何人左右的石头，它有自己的规律和原则，它义无反顾，为自己滚动不休。我们只有顺从它的意志，个人能做的那么渺小，只有幻想才真正属于我，它可以伴随终身，不离不弃，海阔天空，地久天长。

Part 4　意大利

没有去成佛罗伦萨

写到意大利,立刻想到意大利最美丽的城市——佛罗伦萨,可惜因为旅程的安排,我没有能够踏上它的土地,也没有能够去切卡托镇那条两边都是红砖房子的街上,在教堂和古建筑之间拜访一下薄伽丘的老家。

薄伽丘先生出生和逝世就在那条街上,隔不几间房子的教堂,就是葬埋他的地方。这是意大利的好处。在中国,想古人的时候,只能翻书;在意大利,你想更深地了解和亲近谁,不管是乔托、但丁、米开朗琪罗，还是薄伽丘，不管经过多少年，二百年，三百年，五百年，他们的家都跟活着的时候一模一样，穷就穷，富就富，它会让你感觉到那些大师是人而不是神，只有感觉到他们是人的时候，历史才不会距离你那么遥远。你会仿佛在听他们故事的时候触摸到了体温，在看他们作品的时候感到亲切，可以把他们想象成你的好友，你的亲人师长。他们有血有肉，曾经在流泪，在是非，在琐碎和难以启齿中生活，曾经风流肮脏，酗酒使气，偶尔伟大又天真。

意大利，是个有趣的喜欢开玩笑、不那么正经庄重的国家。

意大利天生是属于艺术和逍遥的，他们设计世界一流的服装，皮鞋，汽车，电脑，家具，一流的火腿，干酪，酒。满街懒散悠闲的人和古老贵重的居所。他们创造了温饱以外的很多时空，如果说小资，真正的小资和波波族都在欧洲街头的咖啡馆中，在意大利或者巴黎的海边。

在西欧各国中，意大利得风气之先，是文艺复兴运动的发源地，产生了第一批优秀的人文主义作家，其中就有我喜欢的薄伽丘（1313～1375）和他的诗友彼特拉克（1304～1374）。

当时正是十四世纪中叶，在整个欧洲，以封建教会和世俗封建主为代表的封建势力，在政治、经济，以至于思想领域内，还占着全面统治的地位。就是意大利，资本主义生产的萌芽也不过稀疏地出现在它北部的几个城市罢了。封建的中世纪向资本主义的近代过渡,这一历史过程还只刚刚开始。

正是在这资本主义才只透露曙光的时期,薄伽丘写下他的代表作《十日谈》(约1350~1353)。

拉法埃莱·马拉斯所做的《意大利文学史》有关《十日谈》一则中有这么一段:……全城笼罩在一片阴森可怕的气氛之中,在这场灭顶之灾中,三个受过良好教育、机智勇敢的青年男子和七个妙龄女郎在圣马利亚福音教堂邂逅相遇。为了躲避这场可怕的瘟疫,他们一起来到城外的一座别墅里蛰居,借此驱散心中的忧伤……

《十日谈》就是他们一起度过的十个夜晚,每个夜晚每个人轮流讲述的十个故事组成的,十个夜晚,十个人,一百篇故事,而外面是人人自危的瘟疫,只有在他们待着的地方宛若一方世外桃源,草木葱茏,生机盎然:"这座别墅筑在一座小山上,和纵横的大路都保持着相当距离,周围尽是各种草木,一片青葱,景色十分可爱。宅邸筑在山头上;宅内有一个很大的庭院,有露天的走廊,客厅和卧室布置得非常雅致,墙上还装饰着鲜艳的图画,更觉动人。宅邸周围,有草坪、赏心悦目的花园,还有清凉的泉水。宅内还有地窖,藏满各种美酒,不过这只好让善于喝酒的人去品尝了,对于贞静端正的小姐是没用的。整座宅子已在事先打扫得干干净净,卧房里的被褥都安放得整整齐齐;每个屋子里都供满着各种时令鲜花,地板上铺了一层灯芯草。他们来到之后,看见一切都布置得这么齐整,觉得很高兴。"

据说薄伽丘是住在一座宏大的中世纪住宅里写成《十日谈》的，地址位于佛罗伦萨莱颇里对面的山上。佛罗伦萨最"草木葱茏，生机盎然"的地点，大约就在菲埃索里山一带，他生前走过的林荫小路就叫做"薄伽丘路"。当然，在他写《十日谈》的时候，外面的人们是否真的正经历着瘟疫之苦，是否真的如他文章中写到的那样可怕，我就不知道了。

去米兰经过瑞士

夜行火车飞快地奔跑，它自由无拘，不，它也不是自由的，有着需要遵循的路轨。

清晨四五点光景，火车经过阿尔卑斯山，有瑞士边境的人上来检查护照，因为瑞士不属于欧盟国家。经过它的边境需要有瑞士的签证，可是我没有，这很危险，他们有理由不让我经过。

这个国家很富有，世界上的大部分钱都存在瑞士的银行里。

他们对所有经过他们国家的人疑神疑鬼，怕人动什么主意。可是我并不想投奔它，隔着距离看看也就够了。

终于通过两个外表威猛的瑞士边境警察的检验，经解释得到放行。我开始欣赏起蒙蒙晨光里，犹如仙境似的瑞士美景，与德国呆头呆脑的秩序和规律相比，瑞士的山水显得富有灵气，因为富有又笼罩上一层贵族味。

在山和湖的怀抱中，点点帐篷还在昨夜的甜梦之乡，远处的别墅灯光星星点点，湖上有停泊的游艇，青色的天光，给游艇、帐篷、别墅和湖水染上了一道神秘的蓝，湖上好像还有正在休息的天鹅，白色的一个个优雅的影子。雾还未完全消退，看着那画中的既虚幻又真实的历历在眼前的风光，会无话可说，那是一个梦想成真的地方，是童话故事里王子和公主欢乐逍遥的国度。

瑞士苏黎世每年都会举行百万人共度的街头狂欢锐舞派对，有闲有钱的年轻人，电子音乐的发烧友，迷幻药物的崇拜者，他们在这里找到了天堂。在宁静之美的背面，瑞士有另外一种火热的激情和疯狂，一家连着一家的Club，响彻云霄的电子音乐，整夜不停的鼓点和节奏，考验你的耳膜和身体的极限。满城的人都在跳舞，满街都是打扮怪异地在扭动臀部的热辣身体，有时候你的脚在别人身体上晃动，别人的胳膊在你的四肢间起舞，没有站的地方，那是怎样一种景象？

直到音乐在几天几夜后突然停止，你的身体陷入静寂而一下子无法适应，你感到反胃，在静寂面前呕吐不已。

有的人身体承受不住突然倒地死亡。

在狂乱之乐的顶点倒地而亡，那是锐舞战士们无悔的选择。

奇异的刺激之地，富有之地，迷幻之地，如果你有很结实的信用卡和很健壮的身体。

如果你够年轻够朋克够激情，这里是展示的大舞台，可是在最最奇装异服的地方，你再精心的装扮也会随时被淹没，到处都是怪异也就没有惊艳可言。

瑞士就是这样，可以让人最休闲也可以让人感到最夸张最无以复加的累。

瑞士不加入欧盟看来是对的，所有不食人间烟火无法被人掌控的美丽都需要和别人保持一定的距离。

看着它，近在咫尺，却又很快离你远去，火车上的乘客们也都在窗口观望，他们拿起了照相机妄图留下转瞬即逝的瑞士美景，那么近又那么远，世上的很多人都抓不住。抓得住的很多人并不就得到了幸福。

我想起曾经有两个人，想要带我去欧洲，带我去瑞士，他们有车在那儿，可以自己开车去西班牙，他们一个在那边读书，做生意，生活了很多年，另一个入了希腊籍，在希腊买下了一块岛屿。

那两个男人都很优秀，他们想找一个女人一起在那边品味孤独的美丽。但是我们只能是朋友，认识很多年了，始终不温不火地离爱差那么一点距离。不来电的感觉真是使人徒然伤感，我又不是演员，不能假装来电。

男人不善等待，可是他们还是会等上很久，直到看着你再也没有可能，热情变成了淡白开，这才决然而去。

有时候很遗憾，万事不能两全，爱的人可能没有时间带我去趟欧洲，还因为他确定我对他的感情，反而尽情忙自己的事情，不在争取我欢心上过多花费时间。

对男人来说不确定的事情是更要努力争取的。于是那些暗暗的追求者，因为想要明朗的结果，他们舍得为女人付出精力和时间，想要陪着你，去海角天涯，随便哪里都行，希腊的海，瑞士的山，去那些你可能在孤独无依之时与他可以相依相随之地。

退一步可以海阔天空，可是不愿意退一步，心不能勉强，多少女人就这样把自己架得位置尴尬。谁能说哪种命运的女人会得到幸福，反正你选择一条路，别的路就向你关上出口。

一条道走到黑，认准方向决不彷徨，只要你心甘情愿，舍弃的也便没有什么可惜。

暧昧是一种伤害，我不愿暧昧，于是也就没有踏上那些可能会很愉快的旅行。

可是也许我会很孤单，过尽千帆，时间在等待中白白耗尽。

到底会得到什么样的未来，那是不可说也不可猜的一个谜。

到了米兰，但我没有看见真正的米兰

火车经过意大利北部的科木湖了，进入意大利边境，明显地感觉到这边的房子看上去也要比德国境内的房子差。有一些地段使我错觉以为是从北京开往怀柔或者昌平。

地面上空有一层层的湿雾，远处有成片的玉米地，一直盯着玉米地看，人很容易困倦。

意大利，据说这里有很多游手好闲的人，他们情愿花很多心思在嘴皮子上也不愿意自食其力，这一点很东方。他们好色也好吃，这也很东方。

正想着，米兰到了。

清晨八点的米兰，大街上的店铺都在沉睡中。

米兰的火车站像一座白色岩石建成的宫殿，庄严，古老，对面一栋高楼的顶端，据说不久前被一飞行爱好者驾驶的飞机撞上，有几层楼面被损，现在正在修复之中，那应该和恐怖组织无关。

我沿着火车站出口的方向顺着一条街向前走去，整条整条的街都在沉睡之中。我只能隔着玻璃橱窗看它们睡着了的容颜。

都说米兰漂亮，华丽，崇高，典雅，飘浮着古代诗意的和风，也许那一切要在夜晚才能显现。

据说米兰的女人靠词、咖啡和空气生活，可惜我没有看见那些尤物。

城市和女人一样，分成两种，一种适合白天看，一种适合夜晚出场，在不对路的时空相遇，我们完全领略不到它的好处。

米兰的城市和米兰的女人应该都是属于夜晚的，我们没有相逢在合适的时候，所以我没有看见真正的米兰。

走在米兰两边都是店铺的小街上，却无店可看。看橱窗知道看上去普通的衣服和鞋子标出的却是惊人的欧元价码，我没有购物的冲动，或者在巴黎会。还是喜欢上海，那里能买到世界上最实在的装备，用国内的价格穿出欧洲的品位，这一点不在上海女孩儿的话下。

应该去找那座很著名的大教堂，看看它微妙的整体组合，看看它繁复到家的透视关系。可我找不到路，也不想坐上街上的奔驰出租车，就在街心花园里找了一个躺椅，坐下来，静静地观看附近早起的居民。有的门开了，有人牵着狗出来，大多是老年人，不管世界上哪个角落，人们都在生活，都在从年轻慢慢老去。

发现一条稍宽的街，一路上可以看无数紧挨着的庭院，每一个都不同：有的门口用雕花铁栅栏相隔，有的透过磨砂玻璃露出有花有草的一角，整条街每一个庭院都与众不同，高贵、古典、华美、宁静——透露出居住的人的不同气息。

有一对正在门口说话的老年人看见我,老头儿挂着拐杖,神采奕奕地请我用镜头对准他,闪光灯闪过,他又大力地做"OK"手势。老年人总是寂寞的,寂寞得想变成旅行者手中的一张相片。

旅行者是一群讨厌的人,为什么要不满足于自身的生活,偏偏要不远万里到另一个和自己无关的国度来旁观别人的生活呢?那一切和自己有关吗?

也许我们要的,只是掌握一些说话的权利而已。

我坐在上海或者北京,云南或者米兰街心花园的一条长凳上的感觉有不同吗?是相同的吗?

看起来如此不同,其实完全没有什么区别,我一样地看着风景发呆而已。

不同之处在于那些字眼,不同的地名被人赋予了不同的意义。

那些在经过文化洗礼的人眼里看来所会引起的不同意义。

文字是有催眠力的。

在文字的粉饰下,一道菜,一首歌,一家酒吧,一个人,一块玻璃窗都可以变得举世无双,千古留香。

所以,传奇要靠文字来流传下去。

庆幸的是,我和文字始终在一起,不离不弃。

威尼斯让我目眩神迷

在米兰街头小坐，一直在看手机上的北京时间。

北京和这边相差六个小时吧，我在想北京的朋友们大概还泡在哪家酒吧里呢。

我的手机用的是神州行卡，神州行用户一出国就歇菜了，手机只剩下看北京时间的功能。

什么时候能像全球通用户那样到哪儿都能收发信息该多好。

我另外找了一条街，慢慢地踱向米兰火车站的方向，天色依然阴沉，我要去威尼斯，去晒晒那里的阳光。

告别米兰多拱门的古老车站，停靠在车站的涂鸦火车很快奔驰在通往威尼斯的路上了。

这时候，车窗外接近中午的阳光开始灿烂，白云朵朵祥和一片，远处红屋顶的一栋栋小房子，在如魔障一般的树丛中时隐时现。

又行进了大约两三小时，慢慢地，视野里出现了海，无穷无尽的海，船与车，海与人，大的港口，列车在两边都是海的路上行进，茫茫无际，偶有小岛浮现，像海市蜃楼，然后城市突然在水上出现，《圣塔路其亚》的音乐响起，是那首熟悉的曲子，圣塔路其亚车站到了，长而陡的大理石台阶在向我召唤，巴洛克式的浪漫比浪漫更浪漫。

一个意大利人送我一束紫罗兰，还有一筒冰淇淋。一个不修边幅的美国大学生邀我与他同住在车站附近一家旅馆里，他说他会陪我去参观莫辛尼哥皇宫。一个不知哪国的游客擦肩而过时趁机捏我的屁股。

我被美景所催眠，顾不上其他，我开始发呆，在人群之中，在海水之上。

从威尼斯车站出来，坐 82 专线轮，3 号线，去圣马可广场，去看大教堂，去喂广场的鸽群，不，我不喂。多少威尼斯的图像中，都出现过那些纷乱的场景。

我在一家小店中吃了一块粉嫩美味的三明治，我不知道那是夹的什么肉，真的如处女的琼肌，一口下去便已化了。

好像吃的东西在威尼斯也染上了仙气和妖气。

我在静静地回味，坐专线轮船沿运河过来，一路上眼前不断变化不断流动的威尼斯带给我的震撼。

运河两岸，是遥相呼应的连绵楼群，每一栋楼都不一样，每一栋楼的姿态都不一样。

到了威尼斯，我看房子犹如在欣赏女人，不同的楼犹如不同的美女，每一栋楼里都藏着一个迷魂女子楚楚可怜的灵魂。

她们着不一样的靓衫，点不一样的妆容。

一个绝妙女子有十八般武艺，成千上万个绝妙女子一起登台，你该往何处看？何处的美色最使你目眩神迷呢？

简直分不清楚，简直来不及看。

真的分不清楚，真的来不及看。

这一个还没看完，那一个已经扑面而来，笑脸相迎。

每一个都高贵，优雅，仪态动人。

每一个的妙处都值得细细品味。

朝每一面看过去都是一幅镶着金边的镶嵌画。

有的整栋楼都是空的，底下一排拱门，大红的布半遮着拱门，隐隐露出里面的廊柱；

有的有着奇怪的窗户，窗上的彩色玻璃如眩目的翡翠；

有的一看就是古老，带着水浸淫多年的痕迹，青苔微现。

在房子和巷弄之间，是甘当配饰的人。人看这里的天和水，水上的主角又变成了船。人只能兴叹造物的神奇，自己有力所不能及之感。

古时皇帝选妃也会有这样的感觉吧。

一水之隔，如果上岸，就能深入到它们的心脏，可以走到楼与楼之间的小巷中，去寻找火鸟歌剧院。

作家阿城有一年接受意大利一个文化系统的邀请，他们提供他在威尼斯一年的吃住行，条件是走时留下一本关于威尼斯的书稿。

这样的条件当然是诱惑，但也有可以想象的无聊。他就住在火鸟歌剧院附近，在后来的书里画了一张威尼斯的地形图，威尼斯最多的是水和小巷，他发出了这样的句子：可以为威尼斯的每一条小巷写一首诗。

每天在小巷里走来走去，有的小巷让他如同遇到初恋情人。有的时候一连几次进入同一条小巷，好像和旧日情人无意间的邂逅。

还有一个美国女作家艾瑞克·琼，她在威尼斯有一个多年的情人，他有一条两头尖尖的船。她总是在威尼斯和他度过一段时间，在湖心荡舟，看着威尼斯的倒影流过湖面，为了躲开他的亲戚和家人，他们总是选在很奇怪的时间和地点做爱。她还想买下和情人相邻的房子，让他瞒着太太在早晨和晚上出船前来和她幽会。这真是一个有活力的犹太籍女人。

后来当然没有。她还是离威尼斯而逃。她说："威尼斯的情人们，不管他们是谁，是什么性别，都不过是威尼斯的女佣、公关。他们引诱年轻体健的人来到这里，但我们必须处于自己的意愿留下来——那也正是死亡要我们做的。死亡在威尼斯已准备好迎接我们，一步一步地，一桨一桨地，强风从运河那边吹来。窗子，花盆，钢琴声，发出狂野的音调。有一阵面粉吹来，覆盖了每一件东西。我看着镜中的自己，感觉像鬼一样。"

白朗宁离开了威尼斯，拜伦和雪莱也是。乔治·桑在写完书之后也遗弃了威尼斯。庞德和史特拉汶斯基留了下来，他们葬在这里。

是的，威尼斯是个不断索求的城市，如果你迷恋上她，你就得一次次赴汤蹈火，奔她而来，付出你的所有。她勾引你为她而来，但又对一切无动于衷，根本不怜惜你一路上为她付出多大辛劳。

如果她是一个女人，必定人尽可夫，而且势利，你为她花光最后一个铜板之时就是她遗弃你使你不得不落荒而逃之时。

她的妖娆，她的欲壑无边，如同那水深得难以填满，难以得到满足。她勾引你，使你觉得为她付出一切都显得理所应当，你不为她着迷她也自有层出不穷的追求者，她不在乎你一个！

你来你走其实她都有点无所谓，她到处留情，面露天真，等你爱上她她又变得没心没肺，这真让人分外伤心。

她这样既有情又无情地诱惑着你，好像时时刻刻等你私奔来此，直到你有一天醒悟过来：你是不是想死在威尼斯？

你是不是想把威尼斯作为葬身之所？

你如果死在这里，水会迅速淹没你的所有痕迹，好像你从来没有来过一样。

于是，着迷于威尼斯的人才终于清醒，弃它而逃，弃情人而逃。

离开这个杀人不见血，吃你不吐骨头的吸血鬼情人吧，不管她看上去有多美。

我不想被你勾住魂

我不会被她勾引住魂,我只会在威尼斯待上短短一个下午。

今晚我会坐上夜行火车,在午夜或者凌晨到达罗马。

我只用一点点的时间逗留在威尼斯,所以她来不及把我迷住,那些水底的女鬼来不及把我拖住。

我奇怪的是,要怎么样才能在终日熙攘的威尼斯不受打扰正常地生活?

也许可以等到每天黄昏,可以等到某些特别淡的淡季,游客渐渐散尽,没有陌生人在自己的庭院里东张西望,大声喧哗,那时也许可以静下来想一想自己的事了。

这个城市的那些普通居民必须要有怎样的忍耐和定力呀。

一切如同虚幻,一切犹如华美的布景,连绵不绝的布景。

一切都在流动,一切都在阳光底下闪着碎钻的光。

仿佛到天亮前一切就会自动消失,威尼斯犹如虚幻之中的虚幻,梦境之中的梦境,连绵不觉,人怎能在这里开始实在的生活呢?

那些普通居民也许就是在商业街上出租店铺的主人。

酒吧,餐饮,工艺品,面具,库布里克电影中盛装舞会上用到的面具,逛不完的老街,窄窄的石板路,两边都是门面,让我想起苏州、上海旁边的百年老镇上重新开发的老街风光，只是东方情调换成了西方景致。

我饿了，到处找米饭，后来在叹息桥再过去的一条小巷内看到一家海鲜馆，有意大利海鲜汤，配米饭，13.8欧元。

如果两个相爱的人分手，应该在叹息桥上。

这桥，一边是法院，一边是终身监狱，里面有水牢。

犯人在法院宣判过后，走上这桥，叹息一声，最后透过桥上的雕花窗口，看一眼外面美丽招摇的威尼斯，然后将一脚踏入生不如死的黑暗生活。

但愿永远不要落入这样的惨境。

我在叹息桥上想念我爱着的人的那一双眼睛。

神秘情人最有魅力的就是那一双眼睛，他常常不说话，但却无声胜有声，一双眼睛里藏着所有的语言，并且使语言变得苍白。

我怎么可以对一双眼睛牵肠挂肚呢。

八点钟，意大利中部的天还亮着，如同北京晚上的六点。

落日余晖，照着片片收割完的玉米地，宁静无瑕。

我已经又坐上了欧洲高速列车，窗外听得见悦耳的风声。

晚上十一点半，到达罗马特米尼火车站。大气庄严扑面而来。

罗马的夜晚，孤独让我想生一个孩子

罗马，真的到了罗马了吗？

条条大路通罗马，到了罗马才发现，原来它的方向好正，沿着一条笔直的大道往前走，两边有无数对称的小道。一排排的房子，一道道笔直的路，以一条路为中心轴，两边就是对称的房子，房子都不高，四五层高的样子，脚底下踩的是一块块已经磨出岁月痕迹的砖块路面，黑沉沉、光滑而又略微不平的砖块，有序均匀，感觉真好。摩托车在它上面呼啸而过，马车哒哒地踩着节奏在它上面悠闲地过去，午夜时的罗马，空旷让我心醉，空气中都带着艺术气的。

听从一个上海老留学生的建议，我在寻找一家罗马宾馆。先找着车站附近的一家复兴饭店，然后以它为线，往前走，顺着主路往前走，经过很多支路，会看到迎春宾馆，然后，罗马宾馆的店牌就露出来了。

我喜欢来罗马住罗马宾馆，更可喜的是这位内行的上海人告诉我，这家宾馆不仅容易诞生假日恋情，还有适合背包客居住的床位，带厨房的四人间，有两张上下铺床位，卫生间在对面，干净，整洁，每个人只要20欧元一个晚上，比我在海德堡住的都便宜差不多四分之一。

这家宾馆很正式，它有几种价位的房间，方便学生和年轻旅游者的房间只有不多的几套，还好现在不是特别旺的时候，所以，我顺利地定到了位，对面铺位的日本女孩儿已经在这里住了一个星期了，白天她出去玩，晚上回来写日记。可惜我没那么多时间，不然也可以交些朋友，好好把罗马熟悉熟悉。

要是能跟着一个心爱的人来罗马该多好，我真愿意什么心都不操，就把自己的真心放在他的手心，听从他的指令，我愿意跟着他随便去哪儿，哪儿都不重要，一个心性与你相投的人是最重要的。

旅行真的让人寂寞，我一路上控制不住地想结束单身，回去为一个男人生孩子，不一定要结婚，但想体会为人之母的完整女人体验，把这次旅行作为告别单身的最后逍遥之游。

想到如果有一个自己生下的小情人陪着我，他的脸上我能看到我爱的那个男人的眼睛，我的心就不由得激动地跳。我知道我爱任何一个男人结果都会不同程度地受伤，因为他们是成年人，他们太有自己的想法，他们热爱自由，我的爱如果太重就会变成一份束缚，我如果想努力成为他内心渴念的女人，做他向我飞奔而来的而不是他想逃避的人，那就要给他自由，和他之间制造距离，给他无条件的爱，让他来去自由。而孩子是不一样的，他的身上流着我们两个人的血液，他将是最依恋于我的那个人，他也只能暂时属于我，长大后终将离我远去，但是最起码，在他还未长成人的十年时间里，我可以尽情地享受他对我的需要。

他身上将散发出天然的乳香，他将用牙牙学语做成我听不厌的天籁之音，他的嫩白的小手将玩弄我的柔发，他将任我亲吻，亲吻他的遍体，那身体整个都是来自我，来自我爱的男人，带着上苍赋予的奇迹。

在旅行期间，这样对于我那还未发展的罗曼史演化出的孩子，我越想越多，越想越几乎成为真实，几乎一闭眼那一切已经就在眼前，触手可及。可是，事实是，一睁眼，我是睡在罗马宾馆的上下铺床位上，单独做着白日梦而已，对面铺上的日本女孩已经睡着，已经夜深了，我也该睡了，一侧身子，一颗泪水滑下我的脸颊。

我说想为一个男人生孩子，不一定要结婚，那是因为我结过五年的婚。对我来说，结婚像一种孤独的监禁，有利写作，有利于专心工作，活在自己在想象中设计的世界，和自己自言自语。对一个作家合适吗？也许是内心安定的需要，但也只是满足了一小部分内心需要。

大多数时候仍在想入非非，只有想象是自由的。

在婚后的日子里，我活在等无可等之中。生活不再是待猜的谜，幸福平静得使人发疯，我的脸苍白无力，既想挑剔一切，一切又找不出挑剔的理由，一切都在停滞，我感觉到血肉在皮肤之下腐烂的声音。

我开始尝试突然出远门,突然地遭遇陌生的激情,当然也突然不受防地被伤害。

你总是用一个错误去挽救另一个错误。我的前夫这样说我。

生活并不是安排好的剧本。

除了爱情,什么都可以等待。

我想了,便去做了。

不知道该怎么做,不知道怎样做才是对的。

没有人告诉我该如何是好。

痛苦,挣扎,彷徨——

和内心的自己在对抗。

很多事情被改变,刚开始也许是变糟了,但后来结果证明也并非如此,我仅仅是在活着,活着,有目标但还处在各种不确定性地活着,这样的活着也许好过那种活着但已无需答案。

我只是害怕神经麻木地活着。

害怕在大竞技场突然晕倒

天亮了,我去马路边上的礼品店买方便旅行者的地铁连票。

问好路,吃了刚刚烤出来的薄披萨,然后搭地铁去古罗马最著名的环形大竞技场。罗马的地铁和这个城市一样大气而古老，花岗岩地面镶嵌起一个深邃的空间，可以和对面等地铁的人遥遥呼应。

出地铁，就置身于地面上前后左右的古迹当中，我真的没想到人可以被千年的古迹包围，四目看去，人就走在古迹的缝里，在城墙和立柱之间，衬得那么小。

几天前，在新闻里看到前披头士成员保罗·麦卡特尼在罗马的大竞技场举办演唱会，并没有对这新闻有什么感觉，只有到了这个场地，才想到居然想起这个创意的人真是伟大。

排队进入大竞技场，从角斗士入口进入，恢弘的气势一下子把我带回古代。无论是在旁边仰视，在场内环视，在楼上观众席俯视还是在山坡上平视的时候，都只感到他是一个巨人，古罗马帝国曾经流传着一句老话：圆形大竞技场毁灭的时候罗马就会毁灭，同时也是世界毁灭的时候。

看着那些石块上坑坑洼洼的弹孔，我在想入非非。底下虽说知道是古代斗兽给人看的场地，但看上去也很像两千年前打仗和关押犯人之所，层层叠叠，上面两三层方便占据有利地形，一个个环形拱门与洞间隔，可以东躲西藏，底下则像迷宫似的，还有地牢般的铁门，关野兽或者犯人看来都行。

骄阳似火，和在德国时的阴天完全不同。我已不想爬石梯走到六万人看台的最高层眺望，只是躲在一个凹进去的门洞里，坐在一块老怪物巨石上吃完了一包鱼泉榨菜，这下好一点了，免得嘴里淡出鸟来。人在太阳底下看着看着，摔下地牢，晕过去就惨了。

我有低血糖，曾经有过几次在太阳底下走路突然无法支撑晕过去的经历。有时候，脑子里还明白自己不行了，但就是没有力气挣扎到一个安全的所在。有一次，我在太阳底下走着走着，突然脚发软不行了，眼前有一个土坑，我也就顺脚往不深的土坑里滑下去，差不多在坑里打了个盹，睡了一小觉，才有力气重新睁开眼睛爬出去。

也可能这毛病是胎里带来的，我上小学一年级时，因为个子长得高，被选入学校的体训队，每天早晨都要去练跳远和往墙上撞排球什么的。有一天在练跳远的时候，我从远处风风火火地准备启动，刚踏上踏板，我的眼前就一阵发黑，然后人事不省脸朝下地栽倒在沙坑里。老师把我抱到办公室，灌了糖水我才醒过来，我父母又过来把我背回去休息。说起来也好笑，那是我懂事后第一次趴在我父亲的背上。

从小，我和父母就不太在一起住，我在城里读书，他们在小镇上接受贫下中农再教育。我和母亲还行，和父亲却日益生分，等他们在我读小学时候回城，我已经陌生得嘴里叫不出一声"爸爸"了。我父亲本来就长得高大威严，平时常因郁郁不得志而冷漠，更增加了距离感，一直到现在我也不叫爸爸。奇怪的是，后来才知道，我爸爸也从来不叫一声他的爸爸，我和我爷爷关系不错，但我爸爸因为爷爷是资本家的关系没法参军，家庭出身影响了他的一生，他也就沉默着不叫一声爸爸了。

我爷爷对儿子很宽容。他老人家有一年突然脑出血，脑出血引发偏瘫，身体反应能力失去，他自己也知道大事不好，家里人谁劝也劝不了让他去医院，他就抓着二楼的水泥长廊，嘴里说不出话，几乎有眼泪出来。大家明白他眼里的意思，那就是死也要死在家里。可是大家还是希望把他送到医院里让医生把他医好，僵持不下的时候，他那个从来不叫一声爸爸的儿子来了，我父亲走上前来，只说一声我送你去医院，会好的。爷爷竟然乖乖地趴在他儿子的背上，让我父亲把他背去医院了。

我奶奶也说：关键时候，还是儿子管用。我爷爷那次还是没有能医过来，在医院里躺了一个月，大小便都失禁，脑出血还是夺去了爷爷的生命。家里给爷爷买好墓地准备丧事的时候，爷爷有一天突然在病床上醒了过来，清醒地对我们说："那地方我去看了，很好，很安静。"

想必在不久于人世之前，爷爷的魂灵飞到了他即将要永远安息之地：凤凰山。

魂灵怎么会认识路的呢？我不懂。

在晕倒沙坑事件后的一个月中，我的脸始终是花的，特别是结紫红颜色的痂的时候，被黄沙蹭破的地方整个在脸上形成了一张地图。

关于晕倒的故事真的好多，更可笑的是在大澡堂洗澡的时候晕倒。

我一被热气熏，时间稍长就受不了，关键是也不知道什么时间算长，所以没法控制，常常突然就不行了，洗着洗着身体被热气熏得时间稍长，就眼前一黑晕倒过去。

很多次就那样赤裸裸地被人抬到女澡堂门口的木板上，小风吹着，我缓缓地醒来，形体各异的女人们光着身体在我眼前出来进去，她们坦然，对我毫无保留，那些身体里好像身怀无数的秘密，白的白，红的红，黑的黑，胀的胀，肿的肿，凹的凹，陷的陷，那些秘密代表着我还未完全进入的成人世界。在我的眼中，成人的世界是神秘莫测的，是骄傲的，是不被别人掌控的，是有能量的，和那个世界相比，那时的我太弱小了，我对自己无能为力，热气多熏了点时间都会失去知觉倒下来。

在女澡堂门口略微通风的长条凳子上，我从低血糖的脑部缺氧中缓缓醒来，心里初次感到失败和失落，甚至引起自卑，满脑子乱乱的似懂非懂的想法，低头再看自己不着一物暴露的身体，赶紧找衣服去。

这些事情都大多发生在我的青春期。青春期的时候也许是发育需要的营养太多，身体跟不上，我老是处在营养不良状态，脸色苍白，容易晕过去，等到后来，慢慢成人，也有了对于低血糖的很多知识，经常饿了就吃点巧克力喝点可口可乐，才不太晕倒了。

现在是北京时间周末下午的四点四十五分，相聚，餐饮，狂欢还未开始，那一个现实的世界离我很远，我的心中是一片宁静，对远方那一切的人人事事都不太牵挂。

旅行一站接着一站，我操心的都是眼前现实的事情：财务行李的保管，要买什么样的票，要准备的食物和水，怎样在极累的时候控制脾气，调节好心情，怎样有益健康和睡眠。在外面，睡眠一般不成问题，白天累了，晚上倒头就睡，这样第二天起来才有精力计划当天的目的地。

我扔掉了几件不想洗的衣物，不断减轻负担，心理和物理的。

下午一点十五分，进梵蒂冈教堂。教堂之路，有穿着鲜艳红紫黄条文的荷兰籍士兵把守，一个个英俊少年；圣彼得大教堂前的圣彼得雕像，背衬蓝天，悲悯人间。梵蒂冈广场前面的那一圈走廊，高高的立柱，伟岸，威严，照例是鸽子的天下，一身白衣白头巾的修女们坐在回廊下和鸽子一样相互嘀嘀咕咕说着我听不懂的语言。广场上的圣马可和圣彼得雕像，纪念碑和喷泉一脸宽容。

梵蒂冈真是应了"山不在高，有仙则名"的话，对于威尼斯、佛罗伦萨、罗马这三个城市来说，教堂的规模越来越宏伟，宗教气氛越来越靠近天主教的中心。圣彼得大教堂是世界上最大的教堂，两侧环绕着由贝尔尼尼设计的284根多利安式圆柱。这些圆柱像是张开的两个臂膀,怀抱出一个椭圆形的广场。

我在教堂里找到忏悔室,我忏悔,这次旅行我不能保证,在巴黎不会发生一点什么故事,我的心里装着一个人,时刻他都和我在一起,但是,我和他还没有开始之前,希望允许我还有一点自由,去经历我可以尝试的事情。人总在想是没有用的,有些事情非得在行动的同时去想,行动之后再想会很清楚,什么是你可以放弃的。

人有选择的权利,选择必须是在行动之后。

我低头合掌,在神的面前默默许愿,赐给我爱,我爱的人他更爱我。

拥有我们的天真活泼的孩子,拥有我们如花似玉的人生。

再走一回莱茵河畔

我喜欢在介绍费里尼的纪录片《罗马风情录》中,了解罗马。

能轻松地看到那么多好片子,是现代人的福音,懒人消磨时间的方式。

一部好的片子,汇集了许多人的智慧,直接把罗马影像搬到我的眼前。不必靠我在那么大的罗马,辛苦地迷失。《罗马风情录》拍下了费里尼眼中他深爱的罗马,在夜晚他的镜头追逐,一路上的老房子,老街道,每个镜头都藏着神怪的气氛。这是属于他的城市,他记录下雨中的街头,电闪雷鸣之际,那些堵塞在车中盛装赴宴的罗马人的表情,那些脸,那些表情,有时清楚,有时模糊,但一看就明白那些人属于罗马,那些表情和脸是属于罗马的真实一刻。那些脸,即使年轻,也带着古老的气味。

他们离罗马太近了。

我并不喜欢在大太阳底下寻访古迹,那对我是没用的,留不下很深的印象,不如放弃。

罗马让我累,犹如费里尼的电影也同样让我累。

戏剧化,舞台化,处处像布景,真的也像假的,罗马地久天长,但在那里我还没有找到我要的转瞬即逝的人情。地久天长让人想到就沉重,我需要转瞬即逝,所以选择旅行而非生活在此处,这种即时的即兴的快乐,犹如饮鸩止渴。

在罗马,活在陌生人中间,他们的房子安顿我,他们的双手握住我的手,他们看我走在街上以为我真的就在这里;但是,我充当的这个人从来不在这些房间里,生活在我体内的这个人从来没有手被他人紧握,我知道自己应该成为的那个人从来没有街道可供行走而且没有人可以看见她,除非这些街道是所有的街道,而看见她的人是所有的人。

我们全都生活在如此遥远和隐名的生活里；

伪装，使我们全都蒙受陌生者的命运。对于有些人来说，不管怎么样，他们与另一个存在之间的距离，从来不会暴露；对另外一些人来说，这种距离只有通过恐怖和痛苦，在一种无边的闪电照亮之下，才不时得到暴露；当然还有另外一些人，在他们那里，这种距离成了日常生活中一种痛楚的恒常。

也许，我们这些人对自己一无可为，对自己思考或感受的东西，永远处于译解之中。也许，我们愿望的一切从来非我们所愿所望——在每一刻知道这一点，在每一种感受中感受这一切，于是所谓成为人们自己心灵里的陌生人，于是从人们自己的感受里放逐，难道不就是这么回事？

在罗马的晚上，又坐上欧洲之星，我要再一次从罗马，途经 Basel 转车再到德国杜伊斯堡，估计在第二天下午三点从杜伊斯堡坐火车到达荷兰阿姆斯特丹。如果找得到朋友介绍的在阿姆斯特丹做导游的小王，我将在那儿多待些时间，不然，就看情况早点从阿转车前往巴黎。

在罗马宾馆结完账，时间还早，和一个留学生聊天，那个留学生兼做导游，他刚用二十四天的时间负责二十几个初次到中国的德国人，从云南、四川，到甘南，走了大半个中国，非常累，除了身体的累还有就是心理上的压力，简直不是平常人所能承担，老外脑子古板，他们思维方式也不同，在极累极苦的地区，既要保证他们人身的安危，又要协调彼此之间的人际关系，对于谁都是一种考验。

在正常舒适条件下的人，和条件恶劣下的人心态会明显不同，恶劣条件是一面镜子，把本来的面目映照出来。

我永远都不想和自己不愿待在一起的人瞎浪费时间。

谋生会逼迫你接受不喜欢的一切人人事事，和留学生比起来，我像一个悠闲的不知饥渴的孩子。可是，我也受过很多折磨，很多属于只可意会不可言传的痛苦。

那痛苦的奥妙是停留在心尖，没有在外表上留下刻痕。我觉得我所度过的痛苦，外人看不见，只会让人觉得是吃饱了撑着了。

没有刻骨铭心的痛苦，也便没有刻骨铭心的快乐。

痛苦使所有平时麻木的感官开启，发现内心最为柔软的部分，我感谢那些使我在最微妙的感觉里体验痛苦的人们。

火车晚上照常载着我在外面陌生广袤的欧洲平原上疾驰，在无人的车厢里斜卧软座，除了最初来验一下票，乘务员也看不见一个。有时候我会担心突然上来几个劫匪，他们用玻璃丝袜蒙脸，胡子从丝袜的缝隙中伸出来，面目狰狞，也许我会比画一下中国功夫的身手，吓一吓他，可是他只要抓一把我的胳膊，我痛得眼泪流出来的样子也就什么都露馅了。

也许我应该把一叠欧洲的百元大钞藏到袜子里去，像很多电影里看到的那样——

　　我的脑子胡乱构思了一番险情，终于还是什么保护措施也没有，照旧把钱包贴身藏着，蜷在软椅里沉沉睡去了。

　　早晨八点半，Basel 到了，是瑞士的一个小站，大概是。

　　从这里下车转乘别的火车，这个重要的中转站，人很多。

　　我查时刻表，去 5 号站台转车去杜伊斯堡，或在科隆转车往阿姆斯特丹都可以。又要回到德国了，我还可以在火车上沿着莱茵河来一趟旅行。

　　莱茵河是古代水路贸易的重要渠道。莱茵河畔有无数的城堡、葡萄园及大城小镇，旅游手册上说：城墙上开有炮台洞的莱茵石格堡，莱茵河畔最古老城堡之一的兰施泰因，白与铅色对比鲜明的普法尔兹石堡，现已成为酒店的钢角城堡，耸立在山丘上的猫堡及鼠堡，还有唯一未被破坏，仍保存中世纪外貌的马克堡。当然，传说中幽灵出没的洛勒莱悬崖也不容错过。

　　我相信有鬼魂，金属就曾经在英国时住在一所耸立于远离人烟的中世纪酒店里，睡在充满浪漫情调的帐篷床上遇到了很多鬼。

　　鬼们没有形状，在空气中移动，明显地和空气的成分不一样，或者它们的成分比空气重，它们在空气中向他施压，尽管听不见声音，但能感觉得出它们在叽叽喳喳地交流，仿佛对这个突然闯入的东方人有点捉摸不透。它们闹得金属一晚上没法睡觉，他打开灯，冲着空气喊：你们安静点行不行！可他一关灯，鬼们继续闹，金属无可奈何，一夜无眠，第二天到前台投诉，服务人员什么话也没说赶快给他换了一个房间，金属这才在伦敦睡上觉了。

九点十三分，火车才会出发。我在车站看着一对头发花白的老人，男士微微秃顶，夫人手里牵着一条毛色灰白和他们的头发颜色几乎一模一样年记也明显偏大的大狗，狗走路时已有微微喘不上气的感觉，看着这一家子，心里有明显的难受。

我想女人真是善于假模假式同情和多愁善感的动物，一有机会，就迫不及待地想把那种心情亮出来，好像除了自己谁也没有这么情感丰富似的。我真讨厌，在旅行中，因为累，因为常常找不到有米饭的餐馆，我黑了瘦了，感到自己很不好看。

就这个样子去见摩尔，希望他看了发现不是自己记忆里想象中的人，失望，然后只以礼相待才好。我害怕他信中流露出来的缠绵，要去利用别人的一种感情，自己明明是做戏，对我，这样的事情我尽量避免，可是，在巴黎，也许我会逢场作戏，因为它是巴黎，因为塞纳河就在旁边。

多少女人在软弱的关头，匆忙行事，幸亏我只是短暂的停留，不用用一生来作赌注。

人生很多事情都是偶然，要是我早些年认识摩尔，那时候嫁个法国人可能是很多女人改变人生命运的一个大机会，可惜现在不同了，中国的大多数女人已经不需要用嫁老外来过上自己向往的生活了。

欧洲，让女人感到沉闷，天空太一成不变，风景太陈腐雷同，初看的确很美很华丽，多看却会感到思想停滞，有窒息之感。

欧洲，像有的男人，他看上去挑不出毛病，和他在一起，很多人羡慕你，可是只有你知道他如何像一座山一样禁锢你的头脑，让你感到沉重的负荷，让你的白天和夜晚一样的黑。

男人时刻要控制你，也许因为占有欲太强，也许因为不自信，无时无刻要提醒你他的存在。他就像一座活着的监狱，监狱和像监狱一样的男人都是以为了让你好，教育你，对你负责为己任的。

有的男人(或者女人)是像空气一样让你变得空灵，让你融合于他，在无形中自由伸展，可这样的男人，永远不让女人用爱把他抓住，永远会逃跑，女人被他勾引得费尽心神，既爱又无法满足，甚至失去了爱另外一个男人的能力，只能活在等待之中。最后，女人学会了平静，学会了和自己做伴，接受命运，接受自己被这个魔鬼男人修理的一切结果。

爱很难做到无条件，不是你受伤，就是你伤别人。

和平相处的是亲情，是习惯，是利益，是交换。

如果你是女人，你说你会选择一个怎样的男人呢？

我讨厌我想得太多，爱情不是靠想来完成的事情，它只需要盲目的相信。如果你信，你就可以看见它，就可以无怨无悔地过下去。从现在开始，我愿意自动变成瞎子和傻子，相信心中的爱人，他可以把我带往任何地方，满足于一切天赐的生活，主啊，给我力量和信心，请和我同在。

Part 5　荷兰

开往阿姆斯特丹的列车上,"金城武"在睡觉

　　沿着莱茵河,经过明茨,经过马克思的故居,经过无数鲜花盛开的葡萄园和墓园,不断往北开,经过波恩,经过科隆,火车贴着科隆大教堂开过,让这次的旅行最后一次经过莱茵河上的桥,下午两点四十五分到杜伊斯堡,转乘上三点开往阿姆斯特丹的火车。一切按照计划行事,没有出现什么乱子,这使我觉得安定又突然感到哪里不满足似的平淡。

　　旅行时有很多时间在胡思乱想,尽管平日里我也是一个习惯于

自言自语的女人。

放逐，妄想，醒悟，安宁——

德国的天看来总是阴的，我不喜欢，怪不得德国人的脸上缺乏表情，一方水土、气候对人的长相负有责任。

意大利中部阳光灿烂，适合赤裸裸，恋情来得快去得也会快，所以那里的人们表情夸张，满不在乎，无所谓，适合放任逍遥的浪子。

回到一座熟悉的城市，人会快乐。即将踏上一座未知的城市，也会快乐。

老情人和新恋人都会带给你不同的快乐，一种是舒服，什么都不必多说；一种是新鲜，什么都想了解。

巨蟹座是个善于怀旧的星座，能和老情人做好朋友，如果是可以和他无话不谈，甚至坦承新恋情的老情人，则应当算是极品。

在欧洲坐火车比在中国坐空调巴士还方便，有序，准时，干净。

隔着玻璃，看着车窗外，我想如果这一次是放逐的话，应该野一点，玩个够，自由个够，孤独个够，看看到底还想过怎样的生活，想明白内心深处究竟要的是什么，什么是内心所需，什么是灵魂所愿——当然用这点时间，我是不会找到答案的。

回转视线，突然看到在车厢的另一头，独自呆坐着另一个亚洲男青年。

阿姆斯特丹是一个极度旅游城市,所以这节车厢上坐了很多人,大多数是大腹便便的拖家带口的老外,而在车厢另一头呆坐的他,日韩打扮,我只看得到侧面,可能不是日本人就是韩国人,和我一样独自一人,看上去倒是比较醒目。

看上去他陷在困倦当中,头上微卷的黑发乱乱地遮着脸,闭着眼睛在休息。

我看看窗外,又不时悄悄看看他是否醒来,在这种悄悄的行为中找到了一点调剂单调旅程的乐趣。

旅程中遇到的陌生人很好玩,并不会开始,但是会让我想象。

两年前,我从上海坐飞机回北京,航班很空,但一个长得像林子祥一样的男人还是坐到我的身边。他是一个喜欢对着位子坐的循规蹈矩的人还是有意想找我说话,不清楚,但后来他就对我善意微笑,介绍他是新加坡人,在苏州昆山做一个木制品集团公司,经常在北京和昆山、新加坡之间参加展会飞来飞去。他留着林子祥式的小胡子,带着一副小黑边框眼镜,和善地慢条斯理地说话,我看得出他不是一个轻浮的人,也许只是害怕寂寞,想说话而已。

做着木业加工,他甚至告诉我他的奇怪的名字:林森林,一个和他的事业有宿命般关联的名字,我一下就记住了。聊了很多他的生活,他在新加坡的家庭,可能我让别人看得出来是个可以信任也愿意倾听的人吧,他说了很多,和我聊隐形眼镜的利弊,上海和苏州的问题，很有想法，并不烦人。我甚至给他留了在北京家里的电话，约好有时间的时候一起喝杯咖啡。

后来几次，他到北京会给我来个电话，问候一声，但也没真喝咖啡，我已没有和陌生人再聊天的兴趣，他说了很多他的事情，基本上对我一无所知，我也没说我干什么的，也不想说没必要说，这种交谈起码很不平等。

隔了一年多以后，突然又接到他的电话，电话那头说：你还记得我吗，我叫林森林。

我当然还记得，可是迟疑了一会儿，我说：对不起，记不得了。我现在在和朋友聊天，再联系吧。

挂上电话，我百无聊赖一人躺在沙发上想，一个旅行中遇到的陌生人把另外一个人的电话号码放了一年多时间后再次打来，还能找到她，还仍旧对她一无所知，真是奇迹，他到底还想和她说些什么呢？他的生活又发生了什么样的转变呢？

我以为自己是个好奇心重的人，可是我还是会拒绝一个想向我倾诉的人，就让那些故事像断了头的风筝般自己飘走吧。

接过这个电话没几天，我就要搬往北京另外一个区的新家，林森林没有我的手机号码，他将再也不能成功地和我联络，两个本来就是陌生的人终于再次真正陌生。

对不起，林森林，我知道你并没有什么坏念头。

人和人之间的相识相知，有时候只有一层纸，一扇窗。

在合适的时间地点，你愿意打开，你愿意倾诉，遇到的人也愿意打开，也愿意倾诉，你们便都可以交往下去。

不然，只有一扇窗开着是没有用的。

我借上厕所的机会，往日韩青年坐的车厢那头走去，他还在睡，返回时，我理所应当地看见他的脸的全貌，竟然十足一个金城武，他不会真是那个男影星吧，来荷兰拍什么，当地会有工作人员等着他。

男星里面，我觉得金城武很漂亮，梁朝伟很可以倾心引人交谈，李连杰是个好老公，周润发是个可以仰仗的大哥类型。看见那个男生长得像金城武，我的心不禁活跃起来，想起他在《重庆森林》里甜甜地傻傻憨憨地问带着墨镜的林青霞：你喜欢什么样的男人呀？我就对这个甜心充满柔情，要是我，他那样问我，我会不会迫不及待地对他说就是你这样的呢？

想到这里，我微微甜笑，心驰神往，要是火车上的男孩儿这时候正好醒来，我一定会保持这样一个想念着金城武的表情看着他，送上一个友好的微笑，直接对他说：你是一个人吗？我也是，和你说说话可以吗？

反正旁边都是不认识的胖老外，我们这一对亚洲青年坐到一起简直珠联璧合。

可惜老天不作美,"金城武"还在睡梦之中,而我终于以缓慢的脚步移往自己所在的位子,内心充满遗憾。

荷兰快到了,空气中都显得潮湿起来,而我们还是相距遥遥。他终于醒过来了,也往我这个方向看,可是我总不能再去趟厕所吧,而且他往我这边看的时候,我自己又不争气,竟然不由自主地回避他的目光,尽管心嗵嗵嗵跳得很厉害。

一下车,我们就被人流冲散了。

我这个莫名其妙的人,就这样在阿姆斯特丹莫名其妙地失去了"金城武"。

色情的夜晚下着讨厌的雨

在这季节转换的时刻,来到湖水与郁金香之地,面对整个世界的茫然、陌生、不可理喻。

一切是如此随意,但又有不能抗拒的必然性质。

不断离开,刚刚熟悉的一切,原本没有哪里是属于我的。不断前往异地。

我在寻找什么。

离开熟悉的家园,那个城市,我已经看见可以爱的人,可是仍不能在一起，只有在外漂泊。

那么多人和你一样，漂泊在外，陪你前往，但和你没有关系，你对没有兴趣的人，他们好像就不存在。

没有什么能够满足你，陌生的风景和面孔。

你只是在行动中，没有答案，前路未明。

双重生命，双重心态，不断变幻的渴望。

你是倾诉者，郁闷者，等待者。

很多事着急是没有用的，你只能自己安慰自己。

到达阿姆斯特丹的时候，正是黄昏。因为没有检查护照过海关的手续，就不大像到了另一片国土。只有出口的绿灯亮着荷兰语，证明了是阿姆斯特丹。我们时常以文字、表象去了解世界，但我却时常要寻找表象背后的意义、世界的本质。这个意义却是流动的、暧昧的，时常难以解释。

阿姆斯特丹的中央车站，建于十九世纪，是新哥特式的尖顶建筑，车站呈长形，左右对称，红砖墙，缀漆金字母图案，颜色与形体都十分悦目，只是车站脏得很。车站背后是海港，面对运河，旁边就是电车站，有海鸥与鸽子，徘徊不去。天气还好，风景呈蓝色。

我用包里的硬币拨打一个朋友的朋友的号码，那人在荷兰做旅行站，据说接待过很多大陆来的人，包括张艺谋。可惜他一看是车站附近的电话号码，也许很心烦，他没接我的电话。后来再打他的办公室，知道他正在西班牙。

我随随便便登上一辆电车，电车很长，不见始终，在阿姆斯特丹飞快地一站一站而过。

我只是不知道我要去哪里。

这个城市，大街上充满及时行乐的无数男人和女人，空气里充满虚耗的青春。

我在寻找什么？

是不是只是用行动表明：我还是自由的，不会因为爱，再苦苦地为自己套上锁。

心怀着对一个人的爱，按捺那种随时准备献出自由献出一切的女性冲动。

每一次投入都会这样想，女性冲动是一种病。

在开始的时候，什么都想得太好，然后，因为付出太多自己受伤。

日子，原本是阳光和阴云交错，我所付出的最后只是得到一些故事的碎片。

我应该为碎片而满足，碎片里有我渴盼的一切的美。

时间会改变当初情感的色泽。

所有曾经发生过的都会变得不真实。

你总是幻想在你所不在的地方。

我们都是别人嚼过的口香糖，我们渴念的人也同样嚼着我们。我们嚼着他人背弃之物。世界是混合着的体液，混合着的情感，混合着的经验杂交而成。

回忆和展望带来迷惘，人生需要的是知己，可以不断倾诉和追忆。

我胡乱地下了车，这是市中心区，叫做 Leidsplein。我下车是因为喜欢它的交错，是的，运河与道路，那种不明不白。立在路中央。路是宽阔的。宽阔只是一种感觉，因为少年骑着粉色单车飞驰而过。

需要找一间小酒店。

小酒店是最没有名目的一件事情。Leidsplein 的小酒店特多，恐怕是一个旅游区。自然每一个旅游区的小酒店都是一样的。

唯独街上的长电车，以及运河，只属于阿姆斯特丹。

在广东老夫妇开的中国小餐馆吃到了叉烧饭和鸡汤，鸡汤很咸，不是用鸡炖成，大概是用冷盘里多下来的熟食鸡肉加水炖的。老外吃不懂就好，花了 11 欧元。

阿姆斯特丹下雨了，我拖着行李还在一家家旅馆门口打听有没有空房间，没有经验，其实应该在火车站出口处把行李寄存，在这个不眠的城市，有无数醒着的酒吧，其实我是不需要房间入睡的，况且度假的都会提前预订房间，单独的女孩儿定房间的更少，周末房间全满，哪里也没有空的。

这女孩儿不会为了做生意吧，已经有尖鼻男人上来打听我要不要拖着行李住到他的房间去了，他肯定想看看我是不是做生意的。

闻说阿姆斯特丹是没有夜生活的：天还未黑，街上已空寂无人。只有酒吧与性商店的霓虹灯亮起。现世的堕落，与十七世纪繁盛而起的红砖建筑，竟然也保持奇异的和谐。有人说，阿姆斯特丹是欧洲最病态最颓废的城市。恐怕它的魅力也在于此。

在性都遇上大雨，真是煞风景的周末，不然好好隔着玻璃欣赏一下三点式女郎的搔首弄姿，一条街一条街地看过去也是一件快乐。现在好了，我居无定所，行李没有寄存还得拖着，一副可怜样子，把流浪达到极致。

想起欧洲之星上长得像是金城武的帅哥，一次去厕所他正睡着，一次他看我，我却假装看向别处，也许再也看不见，都是独自一人，如果多一点耐心，我们能相识结伴而行吗？

这样空想让我感到幸福。

自由自在，没有负担地想入非非，不承担任何结果。

也许我们要找的是在生活中所需要的悬念，那些还没有结论之事，那些不透明性的存在。

没有陌生感的幸福生活真的能够满足我们吗？

不透明的生活和写作，像一道墙，伸手可触摸，但没有确定结论。

似乎空无的等待，让你可以生活下去，一切活在不确定之中。

不可以证明，不可以解释，不可傲慢，不容忽视，以为明了，其实生活在猜谜之中，与生活保持距离。

希望隐藏在暗处，永远在，永远不可言说，不用着急希望澄清什么。

因为需要陌生，艺术才带来另一个世界。

我们创造无性而爱，熟悉生厌，只有充满想象力的生活，才可靠，在生活中想象陌生。

阿姆斯特丹是一座玫瑰花园。

一个人一座城，这座城里有最离奇的欲望和想象。

沿河的小店亮着"SM"性虐待的标记，霓虹灯里亮着皮鞭，皮具，脚链，手铐。皮的东西，毛发的东西，铁的器具，在我看来，那些东西太类型化，统统不性感，带有暴力，但是不带有诱惑色彩；为什么不能有温柔的虐待呢？为什么不能用另一种形式来解释人内心的另一种空旷需要？

我有很多时候渴望受到畸恋，但是那种需要依然包含对美的渴望，不是需要简单的符号来对待我，请再创意一些好吗？

我看过根据利奥波德·萨克麦琵克经典小说改编的《毛皮里的维纳斯》，迈尔耶·西弗斯导演，电影的代表镜头是一个蒙上眼睛的女人，在裘皮大衣里什么也没穿的女人。故事主人公格里格小时候看书，书中烈士虽被折磨而死却"陶醉于此"的表情，让他身受触动，后来他受到同性恋姨妈的虐待,却发现姨妈是世界上最迷人的女人。长大后,由于一份合同书,他卷入了与年轻美貌的温娜的关系之中,成了她的情人和奴隶。

格里格整天沉醉于各种各样的性幻想中,似乎在幻想中就得到了极大的满足。虽受尽温娜的折磨而毫无怨言,反而更加爱她。温娜却当他是奴隶,喜怒无常,高兴时把他当男人,不高兴时把他当动物一般。

在这种性幻想和喜怒无常,男人和动物的生活的最后,格里格终于像书中烈士一样死去,给爱情一个新的定义。受尽折磨死去的人的表情和吸食毒品死去的人表情是一样的。他们都已进入另外一种靠幻想得到提升和扩展的精神层面。

在那种虚幻层面里陶醉是幸福的,回到现实则更生不如死。

隔着雨,在酒吧街选了一个有玻璃顶棚的酒吧坐下,坐在窗的一角,看对面的街,那条街上出入的男女。

一杯红酒,一支公开出售的卷进大麻和草的烟。

一个人不断往点唱机里投硬币,一个性感的男声开始在雨夜的性都哼唱《爱的卫星》,以前那一个有着沙哑磁性嗓音的DJ曾经在午夜时分在他的节目中送这首歌给我,那时候临睡前听他在节目中对我说出三言两语是一天中最大的礼物,爱就是一种礼物,只有相爱的瞬间才懂,那些瞬间过去,两个人恍如隔世:

I've been told that you've been bold

with Harry, Mark and John

Monday and Tuesday, Wednesday through Thursday

with Harry, Mark and John

Satellite's gone

up to the skies

Things like that drive me

out of my mind

I watched it for a little while

I love to watch things on TV

Satellite of love

生活在别处

  酒吧里的人在各自交谈，有的抱怨天气，一个极似高更画里的男子在对面的窗下坐着，我为他拍了一张照片。

下雨的阿姆斯特丹真是让人厌倦，我晕于那些长巷，那些和苏州极为相似的河边的楼群，我晕于天天粉色的橱窗女郎的真人秀；沿街的房间，华丽的皇后椅，坐着的不是皇后也不是公主，而是三点式加浓妆艳抹的直接挑逗；皮鞭脚铐各种各样的性工具，让人惊奇人在这方面无穷无尽的想象力。

人的欲望有止境吗？

看美女成群结队地向你涌来，会让人疲倦吗？

美女们招摇着永不疲软的身体会不会让看她们的人先软掉？

我看到一家夜总会门口的仿真雕塑，出国前我的一个做雕塑的女朋友还特意向我提起，那是一个真人大小的短发女人，上身穿着红色羽毛装上衣，下身赤裸骑在脚踏车上，脚踏车的座垫上一具阳物恰好与她的性器直抵，女人大张着嘴，脸上露出迷醉的表情。雕塑可以永远把这个亢奋的姿势保持下去，她永远不会疲软，永远不会懈怠，永远春情弥漫，像一只发骚的野猫为性迷狂陶醉，把这一刻定格，想起来颇让人兴奋，喘气，大汗淋漓，尖叫与呻吟，欲仙欲死和魂飞魄散——那些时刻多么使人幻想，多么动人，性比爱直接醉人，立竿见影。可惜，现实中的女人，要得更多的是爱。

爱不仅仅是肌肤之亲，不是一蔬一饭，爱是心里那种不死的欲望，是疲惫生活中的英雄梦想。因此，爱比性难以得到，难以渴求，难以完满，因此，现实的生活那么容易让我性冷淡，那么容易在我最美好，最饱满，最膨胀，最充分，最湿润，在最需要他的时候，感到无限的空缺。

我经常在内心最需要的时候找不到那个所爱之人。

这个城市，这个夜晚，充斥着多少寻欢的人们？

空气中依稀闻得到做爱的味道。

日本导演大岛渚的《感官世界》里的女人为男人口交后，精液从她的嘴里汩汩流出，如同欲望本身透明黏稠——可我竟然在这个地方依旧会寻找不到欢乐和轻松，也许我注定是属于孤独的。

孤独的滋味尝尽了，反倒再也离不开，孤独变成了爱人的替身，幻想做成了一个人时忠实的侣伴，把这一切当成是自己需要的生活，孤独也就当成了必须和正常。

现实就是这样，让我们在孤独中老去，迅速得只好在怀念中体会两情相悦，相遇在合适的时间和合适的地点，双目如过电，心跳如鼓的滋味。

我在麻和草的升腾中，被脑子里泛起的有关罗马的记忆弄晕，那里随处可见的两千年的古迹再次让我感到沉重，走路不想走，到处是经典反而只想找个地方在路边坐下来晒着太阳喝茶看着游客发呆；米兰也把我弄晕了，我分辨不出它的特色，整个欧洲让我感到雷同；威尼斯更让我想起就发晕，下午的阳光直射，像个盛装的舞台，人人都在匆忙间蒸发，每个小巷里都是东张西望的游客，热烈冲淡了对它的品味，让我等不到黄昏，等不到人散后悠闲地坐着那种两头尖尖翘起来的小船晃过叹息桥就离去了。

我晕了，孤单的旅行在成双结队的游客映照下更为单薄，我感到孤独，在人群之中彻底心灰意冷的孤独。我想快些去巴黎，最起码，巴黎还有摩尔和另外一些朋友在等我，巴黎尽管也有很多游客，但那些朋友是定居在那儿的，不会让我感到到处都在流动，包括水，欧元，空气，人和风景，巴黎不会让我感到无端慌张，什么也抓不住。

我溜达了一个晚上，在一个俱乐部跟随狂欢的人们跳舞。

五欧元的门票里含一杯酒，烟和酒很快让我晕起来，跳舞的时候两条腿轻飘飘的，这里的DJ台在空中，一边的墙上大银幕放着投影，一边看在空中轨道上打碟的DJ摇头晃脑地搓盘，一个长发女子突然抱住我，她看上去很飞，抱住我晃着身体甜蜜地告诉我：You are so beautiful。

我被她浓重的体香熏晕了，后来又被一个看上去很严肃很浓眉大眼英俊着的阿拉伯男子拖到一角，他操着一口流利的英文，跟我讨论关于"life"的问题。也许是喝多了酒，烟也抽多了，我很多天没这样痛快地说过话了。那个男子在当地一家宾馆工作，他每天做着那份前台工作，看见不同的人来这个城市寻欢作乐，心里很不高兴，他讨厌这个腐烂的城市。但是，在这里有他的女朋友，他要照顾她，可他的母亲却很不喜欢他的女友，他被她们两个拖得很累，只想一个人逃跑，随便逃到哪里，最好是一个谁也不认识他的地方。

我跟前台男子大聊米兰·昆德拉的小说《生命中不能承受之轻》，聊生活总是在别处的问题，别处的生活永远值得向往，因为我们和它存在距离。我鼓励他，如果想逃跑可以试一下，也许短暂的失踪，会让自己知道是回家还是继续逃在路上。

男人的烦恼是留下还是逃跑，女人的烦恼是做特丽莎还是莎宾娜，是要在一个男人身边生活等着迟归的他回家魂不守舍，还是不在一个男人身边心里牵挂——

我把面前的男子说高兴了，有时候他好像很迷糊，也不知道他明白了多少，可我不管不顾继续说下去，直到他露出一脸大彻大悟的表情，最后提出可以把我的行李寄存到他工作的宾馆，然后我可以上上网，上午如果需要还可以陪我去阿姆斯特丹城区看一下，下午送我去车站前再来取。

他工作的地方离我们跳舞的俱乐部不远，我跟他过去后，喝了一杯咖啡，脑子很快恢复正常。

在我有限的人生中，经常出现奇迹。我是个内心强烈相信奇迹的人，于是常常能遇到绝境逢生的事情，跟人大聊人生，在阿姆斯特丹，在这样灯红酒绿的地方，这种事我竟然也做得出来！

赶快上网，给小伙子看自己的网页。当我的头像出现在电脑屏幕上时，他既惊讶又迷惑。我给北京的神秘情人发了一封信，告诉他阿姆斯特丹正下着雨，可我的心里的雨更大，那是想念他流的泪。

他很酷，他会给我回信，但不会问我玩得怎样，他知道倾诉衷肠只是我这样一个多情女人感情宣泄的需要和出口。他认为爱情的冲动是一种阶段性疾病，一段时间过去，我会冷静下来的；或者说爱的激情与漫长的人生相比，只在一瞬间，一瞬间之后，一切又恢复世事的本来面目。所以理智的人愿自己是自由的，把自己还给自己；愿他人是自由的，把他人还给他们自己。

爱如果不能完全纯粹，那么最起码，应该防止它成为束缚。

我不管多久我会冷静下来，我只是需要心里有个人能让我不冷静。

杜拉斯说得没错，爱是让人感觉到心里那种不死的欲望。

我必须找到一个目标，让爱有个施处。

隔着那么远，黑白颠倒的两个国度，他的不真实之处使他显得越发真实，他的无情却更让我觉得他的有情，他的短暂和似乎要转瞬即逝之处却让他变为恒常。

性带有神秘，奇妙和不被允许。

我原谅他的无情，因为我不得不如此。

不得不如此地懂得他，理解他，倾听他，等待他，除此之外，我对自己别无他法。这种身不由己本身是一种病。

可我又是真的如此喜欢一个强的男人，当他进入我的体内，才会觉得自己完整，然而，一旦分离，无从掌握他的行踪，不知道何时再能见面。

这种不确定性诱惑着我。

我知道我宁愿做那个他奔向的人而不是逃离的人，而我不常在他身边就可以保证我会是他奔向的人。

我宁愿在幻想中使性爱充满生机，也不愿结了婚用日常生活来扼杀性爱。

热情要与日常生活不相干，才能保持热情不变。而日常生活总是会波及并且驱走热情。

日常生活是最顽强的蕙草，我不要它和我最爱的人发生关系。

我要保护他，让他高高在上。

让他做我的神，而不是一个和我结婚、修理房子和生儿育女的庸常男人。

让他一直保持诱惑我的眼神，一直拥有任意支配我的权利，我心甘情愿。

在河的对岸，有四间博物馆，倚着，因此称 Museum Plein。其中 Rijksmuseum 的建筑师，也就是中央车站的建筑师，因此博物馆同样有车站的新哥特色彩。旁边三座博物馆则是新型建筑。Rijksmuseum

有 Museum Street，是穿过博物馆的小通道，堆满垃圾，青年在此卖画卖唱，墙上有 Graffiti。

我喜欢一切的凌乱与败坏。博物馆之间，我只喜欢 Museum Street。梵高博物馆，我错过了。

放任流连，好像自此可以放下生存的重担。

慢慢喜欢上阿姆斯特丹的"丹"的。

"丹"位于市中心，是一个小广场，也就是 Amsterdam 的 Dam。顾名思义，原是一个堤坝，于十三世纪建成。阿姆斯特丹成为商埠，丹也成了城市的 Raisond'etre，所有城市的活动从此开始，于是旁边有市政厅皇宫、新教堂、量重行……

喜欢上丹，是因为这里有崩族和乐与怒青年、南美浪人在卖唱休息、喝啤酒、吸大麻。

他们看上去好像可以放弃很多重要的事情，感情、事业，甚至生命本身。

因为有人说：凡劳苦担重担的人，都可以到我这里来，我就使他们得安息。我进入了丹的新教堂。

教堂建于十五世纪，是典型的天主教堂建筑，华美富贵，充分显示当时教会拥有的权力：镂花玫瑰木讲台，南北七彩玻璃嵌画，红大理石管风琴，大卫塑像，木天花，漆金。旁边有九个小教堂，零散的告解室。

走廊点着白蜡烛，摇动着，阴影与宁静。

教堂旁边，就是市政厅皇宫。皇宫建于十七世纪，外观是古典希腊庙宇样式。地下有一个小室，是审判室，即昔日宣判死刑之地。宣判后犯人便拉出丹处斩。审判室也因此立满恶形恶状的浮雕塑像。

二楼的大室叫做"市民之厅"，地面是大理石，画有三个巨大的地球星宿位置图，象征荷兰的处女石像向上瞰望。处女左边是狮头女神，象征力量；右边则是智慧女神。四周是象征地、水、空气、火、和平、公正、力量、宇宙的神话人物塑像。

大厅以水晶吊灯照明。室内空空荡荡，阳光不进，只有神话与权力的阴影，使人遍体生寒。

二楼的"公证室"，烟囱上画了摩西在西乃山接受十诫的故事。房角又画了小孩子的头，因为这又是公证结婚之地。

南画廊，是商务大臣的办公室，为八个塑像包围，为首的是阿波罗神，取其光明和谐之意。天花板却是战争杀戮图，记录荷兰人反抗西班牙人入侵，为期二十四年的战争。

市政室，是商议之地。室内有齐壁大画，记叙罗马人进行和谈的情景。天花板大画则记叙罗马人为国家不认儿子的故事。

审裁室，天花板画了所罗门与摩西求智慧的故事。墙壁有狮、狼、狗、狐的大画，象征过去、现在、未来、聪慧。

经过北画廊，就回到了"市民之厅"。北画廊为地神与农神看守，天花板则是罗马战争图。北画廊开有两个小办公室,画了天使堕地、老鼠盈室的图画,以维纳斯与水星神塑像作结。

我走很长很长的路,去了犹太区,叫做 Waterloo Plein。这一区,Graffiti 特多,楼梯积水,堆满垃圾。

这就不大像阿姆斯特丹。我在很长很长的阳光里站了很久很久。远处有"蓝桥"。

我伏在桥中央,良久良久。

是否因为这样的缘故,在阿姆斯特丹,二次大战有十万人被屠杀的犹太区,远处一颗六角"大卫之星",以及葡萄牙圣殿的一度桥中央,我只是觉得非常非常的疲累。

该离开了,这里不是属于我的地方。

正午时分,我最后在阿姆斯特丹的路中央走。这儿叫做 Muni Plein,在阿姆斯特丹,有这许多的 Plein,是运河记忆与桥的城市交替着电车轨的地方,好像有这样宽阔的迷惑,阳光充盈,欧洲青年在街头喝一杯咖啡,车站被玻璃镶了边框,像一幅现成的风景画——水城何等美丽。

我的心空得烧出火来。

很快我就取了行李,离开了这个一夜无眠之后在白天分外疲惫、潦倒、落寞、郁闷和低落的城市。

想起那些青涩时光

在迷迷糊糊之中,我的记忆回到了江南,和阿姆斯特丹一样有着很多水很多桥的江南小城,我的故乡。

好像又回到了大桥小学。

我不喜欢大桥小学是肯定的。

尽管所有的小学生活看上去都大同小异。

每天早晨小学生们都要听着一个女人尖声地叫着:"为革命——保护视力,眼保健操——开始……"然后音乐响起来了。

所有的小学生一边用手指挡在眼圈上画弧,一边闭着眼睛趁机再睡一会儿。

然后号角声把我们都赶到操场上看升旗。

音乐又响起来了。

一个男人高声大叫"第七套少年广播体操现在开始。第一节,伸展运动",小树的枝条伸展开来。

所有的学生都熙熙攘攘地排到了还没来得及填上水泥的土操场地上。

所有的小胳膊和腿就随着带队的小胳膊和腿在有气无力地摆动。到跳跃运动了,大家蹦蹦跳跳的,都装模作样地蹦两下,好像生下来就体弱多病。

　　大桥小学离家只要十分钟的路程。
　　在学校后面，一直往前走，会看到菜田和最后面的一排坟地。也许野狗刨开了旧坟，有时淘气的男同学会用树枝叉了一个人的头盖骨到学校门口吓女生。我还看到过一堆血红的肚肠，上面叮着几个苍蝇。
　　下暴雨季节，一连积几天水后，校门口还可以汇成一个水潭在里面捉泥鳅。
　　反正和我原来待过的学校比起来这个新建小学是又好玩又差劲。
　　这里进校不久就发生了一次全体学生大逃亡事件，那是全市性的谣言带来的后果。传到这边学校是更加剧烈，说国家人口太多了，要赶快从下一代控制起来，每个人先打一针，这针一打，寿命就可以定为三十岁。都在二十八岁那年才能发育。小学生们尽管还不太清楚什么叫发育，但也明白那针不是好打的。于是全校上下全部联合起来逃课去了。当时据说外面逃课的学生也非常多，幼儿园的小朋友只好躲在床底下了。
　　一星期后，学校平息了谣言，恢复了上课。其实我倒是希望能在外面多避些日子。那时候我害怕上算术课，教那课的老师一张可怕的脸凶得要命。

数学老师特别喜欢陈小琴，陈小琴是个看上去干干净净长得也比别的女生结实的女孩子，她那鹅蛋脸上一双丹凤眼看起人来一斜一斜的，身后还拖着一根长长的麻花辫。

她走起路来屁股扭啊扭的，麻花辫也随着那节奏晃来晃去。那时候，我常对着镜子看自己干瘪的背影，心里奇怪陈小琴怎么就和自己长得不一样。

我还是喜欢以前的长征小学，住进朝阳新村的新家之前，我才从长征小学转到了大桥小学。

没转学前，我坚持了一段时间，天天坐很长的公共汽车再走一段路去长征小学读书。

有一个姓潘的男孩子，和我同班，现在又同时搬到了朝阳新村，不过是我住二村，他住对面的一村，但他早晨总是来等我一同去搭公车，早晨他在楼下大大方方一点也没有不自然地大叫着我的名字："二毛二毛。"这样一叫，我就从窗口探出头去，一边叫：来了来了，一边匆匆忙忙系着红领巾一边往嘴里塞上最后两口泡饭一边下楼。

我后来有点习惯每天有这一个小男生来接我上学，小潘比我稍高一点，也是瘦瘦的，感觉上已经很像大人，他像个小大人一样对我母亲说不用送了，有他在呢。

我们结伴去读书，这样的情形坚持了一两个月时间，在公车上我们默默无语地站立，女孩站在里面，他站在外面，用他的小肩膀努力挡住大人，努力不让人向我靠近和逼挤。

有时候下雨，车厢里又闷又热，车常常发动不起来，在那里拖着气苟延残喘，男孩和女孩的个子矮，看不到车窗外发生了什么事让车发动不了，只好把脑袋转来转去干着急，他会细声细气地安慰说：马上就好了。

有时候还会在我潮湿的鼻尖用他的小拇指刮一下从别人的伞上掉下来的雨水。

这种有人相伴的感觉让我感到很高兴，我都不想转学了，情愿每天在路上艰难一些，多费些时间，情愿每天让潘来接，一同去上学。

我们一到学校就变得很陌生，看上去一点也不比别的同学更多几分了解，我们不说话，不点头，但我们能感觉到彼此的存在，他看我时眼中的含义，放学的时候，他看我一眼，我就知道他的意思就是现在开始向学校门口的3路车站台慢慢走去，他就是在那里看到我母亲陪着我知道都是住在朝阳新村的，他就是在那里说以后他可以来接我一起上学的。

有时候下着蒙蒙的小雨，空气中温暖湿润，两个人一前一后地走向站台，一人打着一把伞，我偷偷地看潘的脸，在伞的映照下，他的脸显得特别白净清秀，眼睛黑黑亮亮的，他的个子比我稍高，脸上的表情使他像一个比我更幼稚的小男生。我在心里暗暗叫他小潘，我们的塑料凉鞋在地上发出噼啪作响的动静，使沉闷的空气在雨中显得活泼起来，小潘一个"撑骆驼"，以一种类似于体操里跳马的动作，双手攀着路边的红色消防龙头，腾地跃起，便骑上了这个敦实的铁家伙，伞从他的头上滑下来，发出嗒的一声。

我也停住脚步，看着他的样子直乐，和小潘一样，我也喜欢城市马路上的两件默然站立的铁家伙，那红色的消防龙头和绿色的信筒。它们都一样老实憨厚，一样纹丝不动，还有一种好看的色彩。

红色的消防龙头稍矮，光溜的半球体脑袋像带着钢盔，两个大耳朵还垂着铁链，像两个大耳坠；绿色的信筒让我联想到一个胖警官，一个带大檐帽的胖警官，乐呵呵地咧着一张大嘴等着人们把那些信像食物一样喂进它的嘴巴。

有时候小雨还没停，我便为小潘撑着伞，小潘骑在消防龙头上，他的手托着下巴。他的眼睛里有忧愁，我知道他不想回家，他父母据说正在闹离婚，天天在家里吵，比我父母吵得厉害多了。他们还打，还砸家里的东西，他爸砸热水瓶的时候，不小心那些碎玻璃还把小潘的腿给划破了。

我不知道怎样安慰小潘，只好陪着他静静地站着，两个孩子各想各的心事，一会儿，雨停了，天空稍有些明朗，地面好像有一种仙气似的升腾起来。

人们开始从伞下，遮阳篷下，屋檐下走了出来，开始从上街沿上漫下来。马路上划着菱形的横道线上，不时有人穿来穿去。

我和小潘眯着两双细细的小眼睛，歪着头，想着心事，偶尔用手挠一下痒兮兮的鼻头，我们打量着那些行色匆匆没有时间感觉着雨感觉着雨中街道的大人们，他们有的碰上了两个孩子的眼光，竟也泛起一些不自然的神色，这种不自然的大人被他们审视了的感觉让我们自己感到高兴。

看到天黑我们才意犹未尽地坐上已经空闲下来的公共汽车回家，在心里祈祷回到家父母可别再吵了，别再让他们那些鸡零狗碎的破事来烦我们了。

可是好日子结束了，我后来还是转学了。

我和小潘同学没有正式告别，转学手续办得很快，几乎没有停顿的时间我就进入了大桥小学新学年的生活，幼小时的情谊都是过眼即忘的，好像知道自己没有记住的资本，记住便也失去了意义，失去了存在的价值。

母亲开始也不想帮我转学，因为长征小学很有名。在那个小学念书，以后可以直接升进市里有名的几个中学，它们都属于一个地段。那时候学习在什么学校和家住什么地段很有关系。可因为家搬了，她不帮我转学就要在好几年时间里天天看女儿花很长时间在路上挤车倒车，上个学就感觉很麻烦很不安全，就这样，她还是帮我转了学。

　　我只好离开了还在长征小学读书的同学潘，自己在城乡结合部的新居民区，读一个跟随居民区建成才刚刚成立的破大桥小学，我做好了准备，以后填志愿重点中学没考上就只能进它旁边的五十一中学读书，天知道五十一中出来的学生都说是不太要学好的，出来的人抽烟喝酒，打扮得妖形怪状，男女生勾肩搭背，早恋的多多。到时唯一的好处是读书读得离家越来越近。

　　如果小学要从家出来走十几分钟，中学就只要五六分钟了，天哪，那读大学干脆就躺在被窝里读好了。

　　我和同伴冬梅，陈小琴不止一次的交流过这个既让人感到愉快又没有前途可言的悲观看法。(后来我们果真在读中学的时候进了那个不争气的五十一中学，那么近的路程我还是每天迟到，常常最后一个拎着为中午准备的饭菜盒子往食堂跑。冬天的时候，学校里每个年级都要晨跑，我常常等到大队伍哼哧哼哧地跑到我家楼底下了，才鬼头鬼脑地看准一个缝隙加入进晨跑的队伍，还装出上气不接下气的辛苦样子来。)

　　冬梅住的楼在我家后面第二栋，中间隔一栋楼，她住的是她妈所在的第三棉纺织厂分的宿舍楼，陈小琴的爸和我爸在一个厂里，她住与我相邻的单元，我们三个是属于上学可以楼前楼后楼上楼下大呼小叫名字然后一起走的人。

我和冬梅感情要好一点，她长得像微黑的小林青霞，像演《窗外》时的少年林青霞多晒了点日光浴后的样子，个子不高，娇小玲珑。

陈小琴倒是和我一样白白净净，我是豆芽菜体型，比她们两个子都高。陈小琴精干很多，瓜子脸上的表情也要比我和冬梅精明，是老师喜欢的大红人，一看就像个小班干部。我和冬梅要说一些私房话就不和陈小琴说。怕她知道了，老师们就都知道了。

曾经有段时间我和陈小琴走得很近，经常去她家等她一起上学，她是独女，她父亲和我父亲不一样，她爸爸宠她可以在她已经这么大了的时候依旧搂着她睡觉，我可不习惯任何人对自己那样。早晨睡眼惺忪的陈小琴从她的小房间里端着搪瓷痰盂出来，他爸都会关切地往搪瓷尿盆里低头看一眼，生怕他的宝贝女儿晚上撒尿撒出什么反常的东西来。

简直太过分了，我对着冬梅大声抱怨，后来就不去陈小琴家受那个刺激。也省得中午的时候，陈小琴有时撒娇撒到我身上，竟让我给她编辫子，洗头发什么的，好像她是小姐，我是她的丫鬟。她倒是留了一头乌黑油亮的长头发，编了麻花辫子拖到屁股上走路一扭一扭挺招人看的，可我自己的头发半长不短，胡乱梳了一个马尾辫翘在后面，我妈也没精力管我的头发，我又天生缺乏这方面的才气，不像陈小琴的妈那样会给她女儿换着花式编辫子和自己用缝纫机踩出好看的裙子来。

　　这都让我灰心，比较真的让人灰心，人比人气死人，可这也养成了我从小不对父母寄予更高希望的习惯，和那些无家可归的孤儿比比吧。他们比我可怜多了，他们的父母更没有用处更指望不上一点呢。我这样宽慰自己。还对自己说要是父母像陈小琴父母那样对自己，我还很可能不习惯，我天生烦别人对我太好，也许是天生贱，人一对我太好，我就会不自在，怕失去自由，怕无法偿还别人的好。真的，真的，我不配人对我好，太好了让我不自在，你们别对我好，就这样就让我自生自灭吧。

　　那一年我十岁左右，夏天的时候站在卫生间里，简易的蹲坑旁边，面前放一铅桶的温水，用毛巾蘸着往身上冲洗。家里的卫生间的门上插销老是坏了，就是插不上，父亲在厕所里的时候还好办，因为只要闻见他抽的香烟特殊的味道就可以走开，他总是一边上厕所一边抽一根烟解闷。但是，母亲上班去了，我特别害怕父亲在我洗澡时突然拉开门，因为他一人躲在里面的房间，不是在用笛子吹《绿岛小夜曲》，就是很投入地唱：在那遥远的地方，有位好姑娘——

　　那个据说是父亲的男人在忙着他的一切，根本意识不到外面的房间还有一个叫二毛的小姑娘。她在干什么更是和他无关。他无视她的存在。她却害怕当她在卫生间做着什么的时候，他猛地把门一拉，使她暴露无遗，有时我听见他的脚步声，猛地咳嗽两声，他会停住脚步先回到自己的房间，但有时她还是会有来不及咳嗽的时候。然后，他的脚步声突然在门外响起，正洗澡的二毛只来得及把背对准门口，父亲把厕所的门拉开，然后惊愕地愣了一愣，嘴里发出一声"哦"，就重又关上门走了。留下她一人又气又难堪地站在潮湿的卫生间的水汽之中。

被一个应该叫他父亲的人看见了背影，没有什么比这更难堪的了。当然最严重的是看到了她的屁股！我感到烦人沮丧，但是无处可说，我们都当作什么事情也没有发生。

这真是对我这样一个从来不叫一声父亲的女孩的报应。

那时候，我喜爱一位叫山口百惠的日本女演员。

她早早息影，为了爱情离开银幕。在当时的我看来很伟大，而现在我会觉得她的想法很落伍，甚至觉得百惠以后会后悔，或者她已经后悔，因为已经传出她二十年婚姻出现问题的新闻，据说她和一个私人医生传出恋情。在一辈子也赶超不了自己只会显得低声下气的三浦友和面前，她会感到没劲的，她曾经有过的辉煌为他奉献的黄金岁月会永远像一座山压得那个男人透不过气，他们不会拥有轻松的如鱼得水的长久幸福。

要是我是那个男人，不会让一个女人为我做出那么大的放弃。保证不了能给她多少幸福？怎样让她感到满足？现在想来真是一种折磨。

不知从哪里弄到一本她写的书《苍茫的时刻》，第一次看一个明星写书，黑白的照片，每一幅都是经典，那些文字如同她的书名，翻译过来的文体，不食人间烟火的气味。

在《横须贺的故事》一章，看到她写义父，同样的是在洗澡的时候，木头的洗澡间的门被推开，然后是仓促的脚步声突然远去。

我能体会那个女人心中的紧张。

小小年纪的夏天，小小年纪的紧张，有一度我整天穿着一件紫色上面印有很多洋葱头的玻璃纱裙。可能同学们看了小人书《洋葱头历险记》的关系，我有了一个新外号，不再是菠菜了，就叫洋葱头。

我的语文照常第一，数理科一塌糊涂。

那时候我唯一的新乐趣就是在家附近趴在东方红大桥上看走来走去的各种各样的人。

那时候，我开始对那些看起来不太一样的人产生兴趣。

那时候我感兴趣的人，和现在感兴趣的不太一样，那时候我感兴趣的，他们说是疯子。

家里人不准我对疯子产生兴趣。

在我十岁左右的夏天，天气闷热，我常常跟在疯子后面，看他他们奇怪地陶醉于自我超然于一切的表情,在那个多雨而又闷热的江南小城,那一段时间,疯子们好像突然纷纷出动,他们大概也要乘风凉,在家里热得待不住了。

从我家所在的朝阳大桥,到朝阳新村小区的大圆环广场,一星期内我大概看见了五个疯子,有一个十八岁的女疯子老是不穿上衣就往外面跑,她的家住在朝阳新村后面的农村,她疯的原因据说是走夜路撞了鬼了。

最让我难忘的是一个特别好看的女疯子,她走路时手和脚不自然地上下扭曲,像在摩搓着神经起舞,她的脸真的特别好看,五官清秀,尽管脸有些脏。不仅是我跟在她后面走好长一段路,还有一群孩子,还有一些无聊的男女跟着她,看着她,和她说话,有的男人竟面对面堵上她,不让她走,而女疯子一点也不生气,她的红裙子被人扯开了,前胸微微暴露,露出里面半边白皙的胸部。我正上小学二年级,不太明白很多事情,从来没想到一个这样好看的女人,被这么多人围着看她的前胸和她搭话意味着什么,用现在的眼光看,在当时的我眼里,女疯子大概就像现在的明星,她那么美,旁边的人不管怎样纠缠她,她都不生气,她竟然还会自己自得其乐地唱歌。

我听到有人说:作孽呀,这么好的女孩子,一疯就毁掉了,经常被人拖回去强奸,怀孕了都不知道。

我不知道什么是强奸,这个词让我感到很特别,好像问题很严重。

  女疯子同样不知道这个很严重的问题，才被人说她作孽，我闷闷地觉得盯着她看的人都不怀好意，那些男人讨厌极了。可是我没办法帮她，女疯子又朝前走了，挡她道的人被旁边的人挤着让开来，女疯子旁若无人的眼神神气极了，她一点也没有考虑别人，她只停留在自己的思维里。要是现在会用酷毙了的词形容她，可是当时我只是觉得她奇怪，难以形容，比父母好看，比老师同学好看，我很想跟她回家，跟在她的后面一直走下去，默默地保护着她。我很好奇，不知道她究竟有没有家，她会有怎样的一个家呢？家里也有父母吗？

  她知不知道自己将要走到哪里去呢？她会一直走到哪里才停下来？她到底过着怎样的一种生活？

  这一切直到现在还是存在于我脑间的一个谜。

  我问班里当时和我最好的冬梅，我说：什么是强奸，为什么疯子被人强奸了就怀孕了？

  冬梅说：怀孕了就是肚子大了，里面有孩子。疯子的孩子生下来也不知道爸爸是谁。

  冬梅因为生病十岁才读一年级，她比我懂的东西多多了。她让我常常自卑。

  自卑的时候我不说话，一个人觉得想明白了很多深刻的事情。

深刻让我感到分量，我对着空气中的压力只是发呆。

小学的时候还有很多件可怕的事情，让我难以忘怀。大桥下面一个男人被一个女人咬掉了舌头，据说男的一定要亲女的，女的把男的舌头咬断后吐在地上并踩了一脚，她肯定觉得他的舌头很脏。还有那时候我们爱把一些小的玻璃珠管串起来串成项链，可我们在找玻璃珠管的时候，在五角场的水泥管道中发现了藏着女尸的麻袋。

记忆里那段时候整个感觉是阴天，天阴阴的，路上的人行色匆忙。

大人们很少有时间管我们，我们那个新村旁边的小区也出了一件事，说是楼上的人发觉下水道被堵，把下水道上的水泥板拉开才发觉里面卧着一个女尸，穿着红衣服，还很年轻。我们学校的很多学生都闻讯赶过去看，回来白着脸说那女人的脸是紫的，舌头伸得好长，还说她的家就在那栋楼的三楼一户，对面楼里的人曾看见有天半夜那男人从楼梯上往下拖一个麻袋似的东西，当时没想到拖的就是被他害死的老婆。

那户人家的房门撬开之后，只看见户主，那女人的老公留下的遗书，说人是他杀的，因为女人在外面有了外遇，不爱他了。他也不想活了，现在当大家发现这遗书的时候，他自己已经吊死在无锡的某个山洞里了。

我混在同学之间，七嘴八舌地听了也说了一些表示惊叹的废话。没想到就在我家附近，接二连三地发生只有恐怖片里才会出现的镜头。接着陈小琴又出事了。

　　陈小琴的爸爸在我爸爸那个工厂里做科长，给过教算术又做班主任的蒋老师什么帮助。所以，那时候的陈小琴在班里就很红，她好像特别懂怎样说话。有一次，蒋老师进来上算术课了，陈小琴突然大哭起来，蒋老师赶快问她为什么哭？

　　陈小琴便娇滴滴地边哭边说，他们（指几个男生）叫我琴小姐，还说我和周建峰谈恋爱。蒋老师便做出训那几个男生的样子，不痛不痒的。男同学朝陈小琴眨了眨眼睛，她才得意地一屁股坐了下去。我敢肯定她的哭是装出来的，因为那时候的孩子就是喜欢小姐、少爷这种洋气的称呼。对于周建峰，那个因生黄胆肝炎而被迫停学一年留到他们班的特别英俊的男孩子来说，陈小琴早就瞄上他了。我已经看见几次她的两个长而上扬的狐狸眼是怎样瞟向周建峰的，我知道她在算术课上公然大哭着把这些话借告状讲出来，只不过是骚气十足地公然讲给周建峰听的罢了。

　　如果陈小琴不来管我，那她的一切也原本不管我什么事。

　　可她偏偏看不得语文老师喜欢读我的作文，还老是叫我自己上台朗读刚写好的作文，并且把我的作文本挂在墙上做范文的事实。陈小琴的狐狸眼看着我的时候就没有媚态了，只剩一点阴阳怪气。有一天下课了，我正想出去踢毽子，陈小琴突然尖声说："二毛呀，听说大头爱上你了？"

班里的同学立刻全都大笑起来，我敏感地知道他们笑什么，脸都给气红了，骂了她一句"十三点"头也不回地走了。

陈小琴说起大头，看来是明显和我过不去。大头是我们班的副班长，农村来的，长得矮小，脸上的皮却老老的，上面还有几个虫斑。

那时候的小孩很多脸上都长这种白斑的，肚里的蛔虫作怪需要吃很多宝塔糖才能打掉。我的脸上也出来了三个。碰巧的是，有天语文课老师正好把我和大头叫起来一人一段背诵一首诗："一个声音高叫着爬出来吧给你自由。"

大头说。

"我祈求自由，可我深深地知道人的身躯怎能从狗洞子里爬出？"

我说。

大概就这样说着的时候，我和大头脸上的虫斑相映成趣，而且大头比我矮半截，他鬼头鬼脑地还想躲到我的身后去，引得所有的同学哄堂大笑。我只好在笑声中灰溜溜地下了台。陈小琴拿这件事情开玩笑完全是想臭我，可是这事不久她就倒霉了。

在我们这班孩子上小学五年级毕业班的时候，有一个体育老师姓崔。长长的马脸，头上没有几根头发，他把后面的一撮长一点的搭到前面，假充作是刘海。

那张脸我一看就讨厌，可能是一种直觉。所以体育老师也不喜欢我，我的体育成绩差一点就要不及格。当时，我能感觉到，姓崔的一看见几个大一点的女生他就来劲，两只眼睛贼亮。嘴里说的话也和对小女生说话的口气不一样。

有一次，大家跑八百米，跑着跑着陈小琴的身子下面突然有血流出来了，她又哇的一声哭了。崔老师连抱带搂地把陈小琴弄进他的一间又黑又长的独立的办公室去了。他那间又黑又长的办公室很神秘，早晨老是有体操队的一群全校挑选出来的长得最健康最好看的女学生在那里练操舞还手里挥着彩带转圈。

崔老师领着那些女生转来转去跳舞的样子很是招人看，他长长的马脸微微扬起看上去很以此为豪。

体育课暂时终止，女生们大家面面相觑，男生幸灾乐祸地窃窃私语然后大笑。当时班里的女生懂那事的还不多，除了看见一个留级下来的大女生老是愁眉苦脸，嘴翘起来都可以挂油瓶了，她上早操时刚做了两节转身运动，就一动不动地站着了，可这样还是让人看着她的一条草绿色的军裤慢慢湿了，草绿色染上红的血，有一种奇怪的感觉。她去厕所也是遮遮掩掩，不敢当着小女生的面，总好像要从裤兜里掏一点藏着的东西，一点不爽气。

这一切让人既好奇又感到好玩滑稽。

我随口说了一句"好玩",突然怪笑两声的样子不小心被陈小琴看在了眼里,她在被崔老师弄走之前,用一种怨恨的眼光狠狠地白了我一眼,然后说:"最好你永远不要有这一天,有了也叫你痛死。"

我当时还不觉得是女人总会有这一天的,无所谓地看陈小琴在大庭广众下被崔老师带走,心里感到即刺激又兴奋,仿佛知道了很多秘密。

很快,陈小琴被崔老师选进了校体操运动队。她的屁股更大了,扭得也更厉害。

我清楚地察觉到崔老师的眼睛看陈小琴的眼色不对了。

有一天,一队女生排着队,准备着踏板跳远测验。崔老师的双眼眯缝着站在沙坑一角不知道他在想什么,排在前面的我跳好之后,无意地站在崔老师旁边,看着嬉笑着继续向这边奔跑跳跃的女同学们。突然间开窍了,我发现崔老师目光注视的焦点了。那几个已发育成熟的女伴跳动时激烈得一起一伏的胸部曲线仿佛在告诉我一种隐隐的不祥预感。

后来集合时体育老师实在按捺不住又大大地暴露了一回,也许他觉得女生们实在是一群太小太可忽视的孩子。他竟然突然把手伸向陈小琴的前胸,装做无意地说,你衣服上有根头发。陈小琴条件反射后退了一步,脸通通红。但除了我,纯洁的同学们丝毫没有觉得这一切有点反常。

在出了事情的一个下午，我曾问过自己，如果陈小琴没有拿大头的事来取笑我，作为一个身体晚熟意识方面却比较早熟的女孩子，我会不会劝陈小琴当心一点崔老师。或者如果我知道这关系到两条人命，会不会忘记前仇（芝麻粒般大的）而重新和陈小琴说话呢？会不会告诉她，崔老师实在不是一个好东西。有一天我和同学捉迷藏，躲在他的办公室后墙处，亲耳听到有一个女的哭泣的声音，那个女的还说她肚里的孩子怎么怎么，那个声音很像教英语的小徐老师，但当时我不懂，也不敢看，更不敢对谁说，回去睡了几觉竟差不多忘了。

如果我把这一切早点告诉陈小琴，还会有后面的一切吗，可惜一切都为时过晚。

这件事情等我知道时，差不多已经全校皆知了。

崔老师已被公安局抓了起来，大家都知道他是个大流氓。他以辅导运动队的同学加班练习，为即将要召开的全市体操比赛作准备的名义，留下了五个女生。

据说练到后来女生们都很口渴。他在那间办公室里让她们坐下休息，他拿出了早已准备好放了安眠药的果汁递给毫无戒心的她们，女生们全都一饮而尽，继而昏昏欲睡，崔老师就这样把肮脏的手伸过去了。

这件事是怎么败露的，具体也不太清楚。但据崔老师在公安局交代，他奸污了两个女生，其中一个是陈小琴。其余三个他只是剥下了她们的衣服有过猥亵举动。这个交代是我们班的一个母亲在本校做老师的同学告诉我们的。从那以后，我再也没有见过一直很骄傲很漂亮的陈小琴。

这件事对我的震动很大，我的脑袋里整天晕晕沉沉，一直在想崔老师当时是怎样摆布眼前毫无防备的几个女生的，一方面感到恶心，另一方面被一种带着罪恶的刺激纠缠着，使我不能释怀老是在想着这事，勾勒着事情当时可能的真相。

那些天学校里到处都有人挤在一起秘密地说着话，有老师走过他们才散开。

有一天中午我正在教室里画黑板报上的花边，冬梅突然进来对我说："不好了，不好了，你们家那栋房子人围得水泄不通的，陈小琴自杀了。"

我的脑袋嗡的一声响，但心里一直感觉要出事要出更大的事的那块石头倒掉了下来。

果真出事了，就在自己的班里，就在自己住的那栋楼里。

陈小琴出事前已经在家休息了好几天了。

在那事发生不久，她的父母本来要给陈小琴办理转学手续。可就在他们来学校的那天，陈小琴上吊自杀了。谁也不知道她从哪里学到了这一手。

班里很多学生都参加了她的葬礼。可我说什么也不敢去。

后来这桩轰动全城的案子很快就判了，崔老师被押赴刑场。可人们都说还是不合算，便宜了这个为人师表的衣冠禽兽。但也只能说说而已，除了陈小琴痛苦不堪的父母。

后来也没有人再提这件事了。

这件事情发生不久，我和冬梅小学毕业了。

我的中考成绩不算太差，仅仅比市重点中学一中的分数线低了几分，要是在长征小学，可以进另几个好一点的中学。但现在在大桥小学，按照地段，如果考不进重点中学，就只配进五十一中了。

冬梅的分数比张飞更低，她倒是一脸爽气，说："五十一中就五十一中，到哪都一样，只要我们自己要好，那帮学校里的流氓难道还用刀逼着我们学坏不成。"

我的情绪低潮可能还和陈小琴的死有关系，但是大家都故意不再提起她，我们已经懂得了回避自己无力解释的现实。或许等陈小琴没了，我才承认陈小琴的漂亮和好强，甚至她的早熟都是我和冬梅及不上的。

就在即将升入初中的那个暑假，我才第一次体会到了做女人的滋味，体会到了陈小琴突然捂着肚子眉头紧皱的滋味，体会到了身体因异常反应而害怕别人看向自己的那种嘲笑和幸灾乐祸眼神。

"一切都是因为我惹了陈小琴，我嘲笑她，所以老天让我有了这样的报应。"

十二岁的那个初夏的晚上，我的肚子突然痛了一夜，在席子上打滚眼里痛出了眼泪的时候我默默地这样想。

实在不明白肚子里为什么有那样难过的滋味，简直难以用语言形容。第二天我发现内裤上有了一片莫名其妙的红的发黑的血污时还是不太明白，我偷偷地把内裤塞到床底下，没想到被母亲翻个正着，她一脸得意有种抓到隐藏在党内多年的特务似的感觉，妈说："你总算成大成人了，我都害怕你来不了呢。昨晚上你一直叫肚子痛我就有点数啦。哈哈，女儿，让我来教你怎么办吧。"

我又羞又愧，被母亲说得束手无策，心里有点明白了。陈小琴对我的诅咒又浮上心头，终于要遭她的报应了，她已经让我痛了一夜，可我却对此惩罚毫无办法。

那时候还没有卫生棉条和卫生巾这样解放妇女的工具，母亲转身去拿一些好像祖上传下来的"宝贝"，那些东西神神秘秘，看上去像一根酱红色的难看领带，拉拉扯扯地拖着线。那些东西似乎永远不敢让它们见天日，我在阳台上晾衣服的时候，看见母亲把它用裤子遮着，她大概也觉得那个东西很丑，在脚盆里浸着便血水直冒，没想到这时候自己也要被它对付了,我有一种身为女人又羞又怕无处藏身被一个巨大的圈套套住的感觉。

但母亲的脸上有一种和往日不同的光彩,那是一种沾沾自喜,深藏多年的技艺不再失传现在终于有人可传授的光彩。

对那个丑东西其实并不陌生,我和隔壁的王猫和阿娣在一起过家家的时候,很早就接触过了,我家住202室,王猫和阿娣两家人家合住203的一套三居室,王猫父母带着她和她妹住一大一小两个房间,王猫是我们给她起的外号,她头发黄黄的,看上去就像一只猫。

阿娣父母生了一儿一女,可奇怪的是他们夫妻分分合合,说是离婚了,她爸带着儿子本来住在外面,隔段时间却又回来和她妈好上几天,一共一个房间,几号人也不知怎样挤在一起睡的。

王猫和阿娣他们两家合用厨房和卫生间,卫生间的门上还贴着值日表,我家单住就不用这样麻烦了。

白天所有的父母都在附近的同一个工厂里瞎忙乎的时候,我们这些住在厂区宿舍大楼里的孩子们便开始热闹地过起家家来了。家家一般都在王猫家过,她是大女孩了,比我大两岁,懂得多一点,便自告奋勇当挤在她家里的七八个女孩的妈妈,我给她身上披上一件她妈炒菜时用的围兜的时候,她却不知怎么突然从被单下面棕绷夹缝里藏着的她妈妈的那东西拿了出来,她把那块折叠得小小的豆腐块拉长了,无师自通地搁在自己的大腿和腰部之间的裤子上,"领带"系错了地方,让我看着心里猛地一紧。

王猫得意地在衣服上套好了身上那条酱红色的象征妈妈的带子,对女孩们叫道:"孩子们,听话,妈妈去做好吃的给你们吃啦。"

什么好吃的呢,不过是把从新村宿舍楼后面的田里偷采的几根黄瓜和茄子,胡乱洗洗,切成几片,搁在一个广口瓶瓶盖上,放在煤球炉上烧一会儿,新鲜的茄子很容易熟,再撒上酱油,味精,味道实在很鲜。鲜极了,女孩们疯了似地叽叽喳喳地大叫:"太鲜了,太鲜了,眉毛都要鲜掉了。"

王猫始终在她的细弱瘦小的身体上扎着那条威严的红带子,好像那是一种身份的象征。所有青黄不接的女孩都听她的话,她因为那条带子成了所有女孩的头。

那一年我九岁。

九岁之前我和女伴们还生过孩子。

是塞纸团在内裤里面,可能更深,有意无意地对有些地方触摸能引起一种舒服的感觉,过会儿大家一起掏出来,说生了,一会儿这个说生了一个男孩,一会儿那个又生了一个女孩,表情很认真,大家一块生孩子,气氛非常热烈。

女孩们一点也不感觉无聊,她们结伴去买三分钱一块的大大牌泡泡糖,长条的特甜的泡泡糖,放在嘴里能嚼很长时间,吹的泡泡破的时候会罩了一脸一鼻子。

  整幢宿舍大楼是女孩的天地,每个楼层都有女孩,甲单元乙单元,从一楼到四楼,毛毛,娣娣,小波,小涛,随口一叫都是自己的人,男孩们在这栋楼里,都是灰溜溜的,仅有的几个还是做"小"的,也就是做弟弟的,被像我这样的整天凑在一起气焰很高的姐姐们压着,他们永远感觉暗无天日,畏畏缩缩。

  我弟弟到现在看见我还像老鼠见了猫,大气不敢乱出。他比我小八岁,前面说过我妈一直准备只生一个孩子,可在我八岁的那年,我在城里读书,我妈闲着作为知识青年在乡下学种棉花,一不小心,就在回城的那一年又有了一个弟弟,那时城里和乡下都没人管,她就顺势把三毛给了生出来。生出来我也不怕,我有的是劲头对付弟弟,从小我给弟弟把尿,抱他玩,妈以为我是做她的好帮手,没想到我只是把弟弟当玩具使,把他的小鸡鸡当水枪玩。

  后来,弟弟大了,我也没法跟他玩了,他一直有尿床的毛病,老在床单上画地图,每天早晨不敢起来,湿床单把小屁股捂得红红的,到十岁才好,不知道是不是小时候小鸡鸡被我捏得太过的原因。

  弟弟小时候喜欢翻我的东西偷看我的日记,我明知道他还看不懂,可还是克制不住会生气,有时一脚踢过去完全没有轻重,把三毛的腿都踢出青紫块来,妈看见了,便会哭着说:这个女儿心狠手辣,不像是她生的。

可谁让我正处在常常情绪起伏不定的青春期呢，三毛一惹我生气，就被我关进厕所，让他面壁思过，还不开灯，三毛独自在黑暗中哇哇乱哭，他的幼儿园的同学问："你的姐姐是不是亲生的呀？"

谁都知道三毛有一个脾气暴躁反复无常的姐姐，她对弟弟好起来什么都好，会拉着他的手在夏天的傍晚静静地沿着开满梨花的新村小路散步，会去幼儿园接他，因为她穿着一身白裙瘦瘦高高的样子特别好看，同学们羡慕地看着她接走他的时候，三毛就感到高兴又忘了姐姐太凶对他不好的事情了。

我现在想为什么对弟弟三毛不好，就因为在他童年的时候正碰上我的少女时代。

从来没有人教我怎么度过少女时代，我惶恐不安却又无人可诉，内心有团焦虑的火，既多愁善感又狂躁不安。我不知道，一切在发生怎样的改变，又必须面对多少我不愿面对和改变的东西。

必须接受很多难看的不知道为什么就得接受的东西，那一切让我感到烦乱，心烦意乱，无所适从。

我害怕很多东西，却又不敢在别人面前露出胆怯。晚上因为怕客厅里的黑暗，而憋着一泡尿久久地不敢上厕所。我还老是把门后面父亲挂着的一件灰色塑料雨披想象成一个黑衣男人，那件雨披又长又大，白天可以和弟弟躲在里面捉迷藏，晚上怎么看它一动不动拖及地面的样子都像一个鬼。

那一切的一切，我谁也不敢告诉，弟弟怕上厕所可以赖在床上画地图，我呢，为了维持姐姐的良好形象，大清早起来给弟弟换床单晒被子别提有多累了。

况且这个家里，努力争取地位还是没有地位。

两个大人忙得没有时间管他们两个孩子。

就拿住的房子来说吧。

房型太怪，从小客厅到里面孩子房间是一个门，父母的房间却也是从孩子的那个门里进入，他们的房间有另外的门把着，里面还有一面通向阳台。

我小时候还不觉得，后来越来越觉得自己在这个家里毫无隐私可言，父母随时都可长驱直入我们的房间，也就是进我和三毛的房间是一种需要，因为那样才能进出他们自己的房间。而他们的房间大多数时候都关上了门，不管是人在家或是不在家。

父亲是那种看上去长得高大威风，其实内心背道而驰的人，因为他有的东西很少，所以更害怕自己的那点东西被人占了，说白了就是自私。我和弟弟从小和他没有什么交流，从小我们就知道他只爱他自己，加上小时候我跟外公外婆过，父母在农村接受锻炼好几年不在一起就更谈不上感情了。

在家里，我没有自己的房间，我和弟弟一人一张床分居一室，又必须始终敞着门，随时有人穿门而过，尽管那人是他们的爸妈。有时我想静静地待在自己的房间里也得不到太平，他们俩时不时会在隔壁吵架，因为距离太近，他们吵什么我们都被迫听得到。母亲老在说父亲没用，连个油瓶倒了都不会去扶一下，为这个家做得太少，孩子也从不关心好像一直以为自己是个十八岁的单身汉呢。父亲却觉得他做得已经够多，这一大家子人住的房子是他单位里分的而不是他住在母亲单位分的房子里，这个问题他要她搞搞明白。

　　每次吵完不是真的结束，不过就是两人都累了暂时休息，所以下次隔几天又可以把上次的话题提起来继续吵。父亲的脸可以连续几天阴着，他进进出出声音很大地把门"嘭"的关上，只有他有门可以这样关，我在家里无门可关，所以被迫常常忍气吞声，这就是我懂事后面临的现实。实在被压抑逼得没办法，我不得不常常对弟弟发脾气，把他当替罪羊。每当我发现自己的东西又无故被人翻过，但又找不到把柄是父母时，我只能借着提高声音教训有口难辩的弟弟的时候，向他们那不争气的父母申诉和抗议一番。

　　有一个弟弟好处就在这了。

　　我常常在生气，生气是我在那个年级仅有的抗议方式。

　　我对很多事情缺乏力量，所以只有生气。

　　对别人生气，对父亲对弟弟对家里对学校生气，不如说我只是对自己的无能生气。

我又没有能力给自己找一个地方藏下所有的个人秘密,只能一边生气一边继续这样的生活。

我的抗议主要是给我父亲的,因为母亲忙不太在家。只有父亲是厂里的技术员,他常常上午去厂里看看,吃过午饭就骑着自行车回来了。他洗了脸,就有本事关在自己的房间里不出来,也不知他在干什么。我总是担心他趁我不在家翻看我的东西,尽管我是他生的,可我的日记本不想被父母侵犯。可我在上学,房间又没有锁,他又有那么多闲的时间,实在是对他没有办法。

父亲回城的时候我已经七岁读小学了,我把自己看作大人,没办法突然把一个陌生人叫成父亲。父亲生来就是懒散孤傲的脾气,也正好不喜欢婆婆妈妈地尽家庭的责任,于是,我从来不叫一声爸爸也变得很是正常,本来这个父亲也不想认为自己要尽父亲的责任。他们互相把对方当成空气。

我从来不去想没有他就没有自己这样的问题,妈看着像头小牛一样的孩子叹口气也没有办法。

母亲总是很忙,她每天要上班,她一辈子也没学会骑自行车,总是要搭公共汽车,有时乘二路车再转三路车什么的。据说在我三岁的时候,爸爸妈妈还在农村接受贫下中农再教育,爸骑着一部自行车后座上带着妈,妈怀里抱着小小的我。他们的自行车在农村的田边土路上穿行的时候，一不小心就扭了，我妈当场一个倒栽葱从后座上摔了下来，她护着我，我哇哇大哭却没受伤，我妈的两个膝盖立马鲜血淋淋。

从此我妈和自行车结下了冤家，她怪不了爸，爸善于总结找理由能找一大堆，妈摔怕了，以后回城也是再也不敢骑自行车，永远是步行和坐公共汽车。

那时候妈每天从朝阳新村出发走过一座东方红大桥到桥底下的一个红梅商标厂上班。她的身上有一种好闻的胶水味道。我中午到她厂里吃饭，总是从她的车间里偷拿许多不干胶商标到学校玩，我把"莲花牌灯芯绒"贴在班长大头的上装后面，把"常州大麻糕""武进柴油机"等等商标分发给陆美凤和炒精肉，让她们去贴别的男生。

因为这些商标给我和班里的同学带来了深厚的革命友谊，也因此和妈关系不错，没事就从那东方红大桥小学溜到桥下的红梅商标厂玩，在充满滚筒和胶水的车间里转上几圈，然后妈为了打发我走只能在隔壁的小店请我吃上一碗皮薄得要破肉末星子一点做馅的小馄饨。我吃饱喝足抹抹没有沾上什么油的嘴走了。

我对妈没意见，对父亲意见很大，既不要也不屑于他来管，他真从来不来管我又觉得他实在不像一个做父亲的，竟然从来对我不花什么钱，也太容易打发他了。他像一堵冰冷的墙，挡在我的面前，我知道自己没有力量推翻他，却心存很多敢怒不敢言的不满。

  我能感觉到母亲生活的无望，尽管母亲不太表露，我一点也不想要像母亲那样生活一辈子。她的生活看不出希望，每天除了早出晚归地上班，还要给这个家的几口人做饭，有时正在上幼儿园的弟弟还要生生病添乱，有时我还要不懂事的为没有衣服穿而胡乱发脾气，因为我和三毛两个孩子都不和父亲说话，母亲肩上的重担就重了一半。弟弟把姐姐当作榜样，三毛也不叫父亲，他怕父亲，但是父亲一声令下，他还是不争气地会坐在父亲的自行车后面被父亲带到厂里大澡堂里洗澡去。三毛做不到和姐姐一样看上去像一个没有父亲的孩子般充满战斗力，并且对父亲冷眼旁观决裂般无情，可能因为他是男孩，父亲再不管不问还是有很多地方可以和他打打交道吧。

  这种生活说到底还是乏味，无声地在和谁对着干似的，日子漫长得好像没有边际，到哪里是个头呀，我不知道哪里不对，可心里已经在盼望着某种改变。

  开始五十一中的初中生活。

  冬梅和我分在一个班里，还是来往密切。

  刚读初一，早晨我总是赖到七点十五分晨课开始才起，然后匆匆忙忙拿着母亲隔夜准备好的饭盒往一墙之隔的学校跑，整楼的学生正在悠扬起伏地念着课文，我甚至能听到一楼靠厕所位置他们初一（3）班的同窗尖细的声音"举头望明月，低头思故乡"，我拎着书包提着饭盒过教室不入，径直往学校最深处的校办工厂跑，那里有蒸汽间有食堂，我要去把饭盒里的饭菜放进那里的大蒸笼。

在初一（3）班里是住得越远的学生到学校越早，像我家和学校相邻居，就是起不早，冬梅也好不了多少，从小学升入初中，我们一下子舒服了很多，身上的弦都松了。老师家长好像都觉得我们是大孩子了，都放松了警惕。

就我那吊儿郎当样，仍被评为班里的文娱委员，每天中午带着一个小录音机，午休时在班里放《霍元甲主题歌》《一条路》还有《血疑》，有时我们还集体大合唱，放声高歌完成班主任布置的唱歌任务。班主任姓肖，年轻的校团委书记，他喜欢唱歌，他带的班据说在学校历届歌咏比赛上都有过不俗纪录，所以他喜欢我们多多唱歌。

肖老师脸上有很多青春痘过后结下的疤，一双诚挚的大眼睛，喜欢苦口婆心对我们讲一定要学好的道理，他的良苦用心几乎要打动了这帮孩子，有的人眼里甚至泪光闪烁。可惜他实在话太多，没有点到为止，孩子们听着听着，觉得他太婆婆妈妈，软了的心又一点一点硬了起来。然后他还在说着说着，学生们有的流起了口水打起了瞌睡，眼皮合拢，脑袋不受控制地一抖一抖，直到下巴磕到了课桌。有的索性趴在桌子上直接睡觉，我们也就在班主任面前胆大要是换上教数学的火爆陈,根本不会给面子,他站在黑板前面手里握着粉笔,朝打瞌睡的学生头上掷去一掷一个准,如果他掷飞镖会非常合适。他还会一招就是把两个瞌睡虫叫起来,把他们两个榆木脑袋"嘭"的一敲,那声音听得大家心跳,还好这一招通常只针对调皮的男生。

九月份开学,很快,没多少时间天就冷了,天冷了学校里的所有年级都要进行冬天的晨跑。学校里那点操场不够跑,于是路线就排到了学校旁边的新村,晨跑的队伍将从学校操场出发,一二一,跑向校门口,跑到马路上来,跑到我家附近。我在家里就能听见他们吭哧吭哧的脚步声,听见他们像牛和马那些动物一样嘴里冒着白烟喘着粗气来接我来了,真是高兴,早晨又可以晚起来二十分钟。我可以不紧不慢等他们的队伍从我家楼下往冬梅家那楼跑,捎上趁乱插队的冬梅,然后又跑回来准备再次杀回学校时,我才装作也已经跑了几百几千米累得上气不接下气的样子加入那些陌生的学生中间,一边跑一边前后左右寻找自己的班级,准备和总部会合。

当然这样偷懒也会有险情,因为我比别人多出一个书包和一个喊里哐啷响的饭盒,容易暴露目标,好在,冬天人一多就乱。老师们自己不爱在外面瞎跑,教体育的熊老师带队,他经常睁一只眼闭一只眼,昂着头只管向前跑——

就这样,我们朝前跑,不断朝前跑。我长大了。终于长大了,走出了家乡，离开了冬梅，而她们在家乡结婚生子，她们像花一样开了又谢，始终在那片土地上。

我离开了，人生就是不断离开，不断告别。

现在一个人正在离开荷兰，和阿姆斯特丹告别。

哪里都有水，哪里都有很多桥，可那毕竟是完全不同的两个世界。

人生如梦，有多少种完全不同的人生呢。

往事不堪回首。

既无聊又刺激，这都是属于我的青涩时光。

Part 6　停顿

不是为了旅行所见，只是在旅行中所思

这不是一本关于旅行的书。

在这一本书中，我肯定不是为了回忆我的所见。

我只是为了我的记忆，记忆不仅仅是关于旅行。

葡萄牙诗人费尔南多·佩索阿说：踏着我梦想和疲惫的脚步，从你的虚幻中下坠，下坠，而且成为我在这个世界中的替身。

在他看来旅行者本身就是旅行。老提旅行的人是可耻的。

你想要旅行么？要旅行的话，你只需存在就行。

在我身体的列车里,在我的命运旅行途中如同一站接一站的一日复一日里,我探出头去看见了街道和广场,看见了姿势和面容,它们总是相同,一如它们总是相异。说到底,命运是穿越所有景观的通道。

如果我想象什么,我就能看见它。如果我旅行的话,我会看得到更多的什么吗?只有想象的极端贫弱,才能为意在感受的旅行提供辩解。

"通向 E 市的任何一条道路,都会把你引向世界的终点。"(十九世纪苏格兰哲学家托马斯·卡莱尔语)但是,一旦你把世界完全看了个透,世界的终点就与你出发时的 E 市没有什么两样。

事实上,世界的终点以及世界的起点,只不过是我们有关世界的概念。

作为我们起点的 E 市,一开始也是我们启程以求的"世界终点"。

仅仅是在我们的内心里,景观才成其为景观。这就是为什么说我想象它们,我就是在创造它们。如果我创造它们,它们就存在。如果它们存在,那么我看见它们就像我看见别的景观。所以干吗要旅行呢?在马德里,在柏林,在波斯,在中国,在南极和北极,我在什么地方可以有异于内在的我?可以感受到我特别不同的感受?

生活全看我们是如何把它造就。

旅行者本身就是旅行。我们看到的,并不是我们所看到的,而是我们自己。

有一种关于知识的学问,我们通常定义为"学问"。也有一种关于理解的学问,我们称其为"文化"。但是,还有一种关于感觉的学问。

这种学问与人的生活经验没有什么关系。

生活经验就像历史,不能给我什么教益。真正的体验包含两个方面:弱化一个人与现实的联系,与此同时又强化一个人对这种联系的分析。以这种方式,无论我们内心中发生了什么事情,人的感觉可以变得深入和广阔,足以使我们把这些事情找出来,并且知道如何去找。

什么是旅行?旅行有何用处?一个落日,同另一个落日太像了,你无需到康士坦丁堡去刻意地看一下某一个落日。而旅行会给我们带来什么样的自由感?我可以享乐于一次仅仅是从里斯本到本弗卡的旅行,比起某一个人从里斯本到中国的旅行来说,我的自由感可以更加强烈。因为在我看来,如果自由感不备于我的话,那么它就无处可寻。

孔狄亚克(十八世纪法国哲学家)在一本著名著作里,一开始就说:"无论我们爬得多高,也无论我们跌得多深,我们都无法逃出自己的感觉。"我们从来不能从自己体内抽身而去,我们从来不能成为另外的人,除非运用我们对自己的想象性感觉,我们才能变成他人,真正的景观是我们自己创造,因为我们是它们的上帝。它们在我们眼里实际的样子,恰恰就是它们被造就的样子。

我对世界七大洲的任何地方既没有兴趣,也没有真正去看过,我游历我自己的第八大洲。

佩索阿还说:有些人航游了每一个大洋,但很少航游它自己的单调。我的航程比所有人的都要遥远。我见过的高山多于地球上所有存在的高山。我走过的城市多于已经建起来的城市。我渡过的大河在一个不可能的世界里奔流不息,在我沉思的凝视下确凿无疑地奔流。如果旅行的话,我只能找到一个模糊不清的复制品,它复制我无需旅行就已经看见了的东西。其他旅行者访问一些国家时,所作所为就像无名的流浪者。而在我访问的国家里,我不仅仅有隐名旅行者所能感受到的暗自喜悦,而且是统治那里的国王陛下,是生活在那里的人民以及他们的习俗,是那些人民以及其他民族的整个历史。我看见了那些景观和那些房屋,都是上帝用我想象的材料创造出来的。我就是它们。

有些人把他们不能实现的生活,变成一个伟大的梦。另一些人完全没有梦,连梦一下也做不到。

在旅行中我开始失去自己

记忆照亮我心中的角落,混杂这无色的记忆,我变得如此简单,在幻想中重写过去的每一段台词。

有些女人，从来不是渴望被驯服，她们需要的只是有一个空间，可以自由地跑。

我出生在巨蟹座下，因此我独立自主，在海上和陆地上都拥有大片领地。蟹可以横行不羁，象征着自由的精神。

除了爱情什么都不排队。

在旅行中，也是一个人最多胡思乱想，最自闭的时候。

自闭是一种失去自己，一种对具体生活的遗忘。

我的自闭不是对快乐的寻求，我无心去赢得快乐。

我的自闭也不是对平静的寻求，平静的获得仅仅取决于它从来就不会失去。

我寻找的是沉睡，是熄灭，是一种微不足道的放弃。

对于我来说，陋室四壁既是监狱也是遥远的地平线，既是卧榻也是棺木。

我最快乐的时候，是我既不思想也不向往的时候，甚至没有梦的时候，我把自己失落在某种需有所获的麻木之中，生活的地表上青苔生长。

我品尝自己什么也不是的荒诞感，预尝一种死亡和熄灭的滋味，却没有丝毫苦涩。

在这些影子般的时间里，我不能思想，感受或者愿望。

我设法写下来的东西，只有数字或者仅仅是笔的停顿。我一无所感，甚至我所爱之人的死亡，似乎也会远远离我而去，成为一件用外语发生的事件。我也一无所为，就像我在睡觉，我的语言，姿势以及举动仅仅是一种表面的呼吸，是一些器官有节奏的本能。

Part 7　法国

巴黎我来了

　　旅行就要开始，这是一趟计划已久的旅行，我机票早已订好了，也买了欧洲五国的经济通票，这些都保证了我在两个月时间内有任意的六天可以坐在欧洲之星或者其他特快列车的一等舱里在法国、德国、西班牙、瑞士和意大利间自由来去。

　　我换好了欧元，带足了美元，朋友们要我把钱去存卡，我却还是把它们贴身放入一个小包包里。

　　摩尔已经准备好休假，他在伊妹儿里说只等我到了，他就带我去波尔多，他的祖父莫里亚克生活过的地方，那里成了他的纪念地。从巴黎坐火车到波尔多，再从波尔多开车到郎贡，一路上会看见无数的桥、森林、古堡和教堂，我们还可以去海边，那里有古老的餐馆，我们可以在餐馆的大花园里赏心悦目地品尝美食——他等着和我一起去度假。

这一年多来，因为我传出要去巴黎了，我们才通信，但是我记得他的清秀和腼腆样子，他们报社的人和我通信，有时会突然在信末来一句："摩尔昨天问起你，正好我告诉他我们白天见面了。"我一向对老外没有感觉，可是对他，感觉还行，是可以接受他的安排，放心地跟他去度假去了解巴黎的心情，那种异国青年之间陌生的吸引，我在想和爱情有关吗？

我到了巴黎，在火车站给摩尔打电话。原本准备先找一家小旅店，好好睡上一觉，恢复过来再和他联系，可是太累了，我没有力气走出火车站，于是在车站等待摩尔来接我。

他从远处的阳光里直接向我走来，相隔一年，我们还是对方印象中的样子。

我一夜未睡，又是接连几天的长途火车，害怕在他看来很难看，可他似乎并未介意。坐上他的摩托车，到他的家，十九区，高高低低的路，一面墙上画着巨大的一个男人照片，西装革履地蹲在地上。

附近电影院的巨幅海报上，尼古拉斯·凯奇正身穿军服在枪林弹雨中演绎着吴宇森的《风语者》。

  在巴黎的那一阶段，正是这部影片在此地热播的阶段，海报上男人的脸，后来进入过我的梦境深处。我总是看到自己站在陌生的空旷的异国街头，周围没有人，只有这张电影海报，海报上是我熟悉的尼古拉斯·凯奇的脸，他戴着军帽，在热带丛林的背景下，依然如同那个濒临死亡的在拉斯维加斯游荡的酒鬼，他的脸一看再看实在太熟悉了，我开始把他的忧郁认作性感。

  摩尔的家到了，是在一栋位于高地的白色洋房顶楼，按号码门自动打开，有一个大的庭院。巴黎房子全是团团转的楼梯，四五层楼，盘旋爬到梯顶，人已全然失去方向，只知道弯曲向上。

  他的那套房间，有着单身男人的干净，整洁，斯文。

  洗完澡后，用毛巾擦干湿湿的头发，我开始感觉体力恢复。

  在沙发上，我们有了第一次的法式长吻。他像我的西式宝贝，乖巧，好奇，不断地抚摸我，我们做爱，他和我以前见过的男人不同。这个生于1969年双子星座的男人，让我在欧洲之行中终于有了性。

  我还没有爱上他，可却允许他用性在我和巴黎之间画了一道连接线，让巴黎对我温情弥漫。

  这个有着迈克尔·道格拉斯家族那种桃形下巴的男人，因为他的蓝眼睛透明无邪地看着我，因为他不会全部看懂我，因为他总是会对我怀着好奇，因为他想了解我却很徒然，因为他身上淡淡的香水味道，因为他白色的小小卫生间，因为他的卫生间里放着一台老式收音机——孤单的生活里需要有人在旁边唧唧呱呱地代自己说话。因为他每天有和我一样听收音机的习惯，因为他有洁癖这让我感到放心，因为他整齐的衣柜和书柜，因为他无时不在的吻，吻平了我寂寞的心。

我相信他。带着相信在他的臂弯里甜甜地睡去。

醒来，正是黄昏，摩尔陪我去塞纳河边。

塞纳河边的旧书摊还是照片中的样子，十欧元一张的小照片，一百年以上的历史，泛黄，我嫌太贵不让摩尔买，骄傲又孤独的摊主不肯还价。

看着出现在各种图片中的塞纳河，我有点不敢相信自己真的到了它的身边。

著名真的有种神化的力量，一个地方著名，一个男人变得著名，都会有种光环笼罩住他们，你要花更多一点的时间才能了解到他们的本质。

这条举世闻名的河流，巴黎生命和艺术的源泉，它由东向西流经巴黎，把整个城市一分为二，河的南面被称为左岸，河的北面被称为右岸。巴黎市内总共有36座桥，横跨静静流淌的塞纳河，把左右两岸联结起来。塞纳河和巴黎密不可分，正如卢浮宫和巴黎也密不可分一样。

坐落在塞纳河畔的卢浮宫，一眼就让人看见华裔设计师贝聿铭设计的玻璃金字塔入口。那么经典的广场，有犹太青年在举行婚礼，有男孩儿在滑板和表演特技自行车，远远的还有几个身份不明的男人，竟然在一张桌上下棋，身上的衣服颜色鲜亮，看过去很像舞台剧的一个景。

美食美事

　　我在双倍桥上看巴黎圣母院，因为不知道英文里怎么说巴黎圣母院，我只好对摩尔说那是艾斯梅拉达的地方，摩尔奇怪我的兴奋，他不知道艾斯美拉达对我来说意味着什么，卡西莫多又意味着什么。在看小人书的年代，我爱上了卫队长，那个英俊而又冷酷无比的男人，那个伤害了艾斯美拉达的男人。他让我初次懂得：爱意味着伤害，只有你爱的人才可能伤害到你。
　　我们在卢浮宫对岸的西提岛上散步。
　　静静地近观巴黎圣母院，这座融合了艺术宗教和权威的哥特式教堂，让人着迷的不仅是钟楼怪人的神秘传说和那已经深刻在我们脑海里的传奇电影。教堂底层并排三座桃形大门洞，左卫生木门，右为圣安娜门，中为最后的审判。门上布满了雕塑，描述《圣经》的故事，门卷上是长条壁龛，一字排着28座雕像。沿着巴黎圣母院的围墙，仿佛可以感受到她的体温，就这样慢慢地走，穿过即兴演奏乐曲的街头艺人。

天已经有点灰暗，使得放眼看去的巴黎有点破旧，像那些房子的颜色，都是陈年的痕迹。

逛他喜欢的小街，高高低低的城区，道路错落有致。

有些小街像上海，比上海更有感觉。小街上有种忧郁的气息，并不平坦的石板路上飘落的树叶，牵着小狗的老妇，守着散发着焦味的面包炉的三明治店女服务员。

那家面包店很古老很小，我和摩尔一人选了一种手工烤制的三明治，味道很特别，面发得粗粗的，但是够劲。刚才看着那女孩儿麻利地烘烤面包，在中间开口裹上牛肉和沙拉，嵌入面包中间，浇上油撒上葱。摩尔要的不是牛肉，他咬一口自己的，非要再来咬一口我手里的，还把自己手里的推到我嘴前，喜欢很多事都这样地和人分享，这个孩子气的法国男人开始让我烦恼。

街上那么安静，星期天很多店都关门。

老城区是不变的，也许起雾时候看，一百年前也是这样，只有一栋很高的楼，好像在蒙巴那斯。

这样慢慢地散步让我高兴，巴黎让我高兴。她真的会让人滋生心底的浪漫感觉。现在我竟然感觉和一个法国青年谈恋爱的滋味也不错。在塞纳河边，他很自然地亲吻我，一点不用害怕别人看。我也看到很多青年情侣在这样美丽的地方突然浪漫而美丽地拥吻。

很多人都曾经喜欢过巴黎，即使有时想起来也会说巴黎一点也不怎么样，巴黎的很多街区很脏。

巴黎就像一个不老的情人，她的情人不止一个，当这一个变老了，巴黎还是年轻，永远有新的年轻的情人陪伴着她。幸福的女人应该和巴黎一样。

坐上摩尔的摩托车，带我去一家著名的传统巴黎老饭店吃牡蛎，鲜嫩，滑爽，带着柠檬汁的清香。可以看见系着白围裙的服务生以欧洲经典影片上服务生出现时的姿势，托着盘优雅而绅士地走来走去。

牡蛎被称为海底牛奶，在我国沿海城市也可找到，但法国人爱吃牡蛎是最出名的。

有人说，牡蛎的外形像女性的生殖器，而吃进嘴里的滋味则像男性的精液，所以它们是很多好色的法国人的偏爱。我不太同意这种说法，对我来说，牡蛎味道的鲜美，如妖如魔，没有什么可比——尽管外形很怪，像扭曲的丑八怪贝类，要用一种特殊的刀来开启它们，门口有专门的人不停地在开牡蛎。新鲜的牡蛎不需要蒸，也不需要任何调味品，它们像三文鱼一样下面垫上冰，旁边有新鲜的柠檬就被请上餐桌，牡蛎天生带着一点咸味，加一点柠檬，用专门配的小勺把能吃的都从壳内分离，连汤带肉进入嘴巴，你只需体会它入口的清凉和鲜美，简直没法用语言说出。那种浅灰色的软体动物，吃它会上瘾，杨贵妃是想"日啖荔枝三百颗"，我如果是杨贵妃，每天只希望有几个牡蛎吃也就知足了。

读过莫泊桑的《我的叔叔于勒》的读者，也许会记得如下一段描写："两位打扮得很漂亮的太太吃牡蛎。她们的吃法很文雅，用一方小巧的手帕托着牡蛎，头稍向前伸，免得弄脏长袍，然后嘴巴微微一动，就把汁水吸进去，把壳扔到海里。"

当时读的时候我没想到，有一天我自己会在巴黎用同样的办法生食牡蛎，亲自品尝未曾遭受污染的牡蛎的鲜美。我对摩尔说起莫泊桑的小说，可他差点儿忘了他，因为莫已经太古典了。

食物最讲究的是它的本味，最好是做法简单但又能吃出美味，从这一点看，我最喜欢两种美食，一个是牡蛎，另一即是中国的大闸蟹，阳澄湖的金毛蟹为其中的上品，金秋十月食之，桂花飘香，人慵酒酣。

在家里吃也方便，把几只二三两重的河蟹洗净后放入双层蒸锅，盖上盖后用大火蒸上十五分钟即成。把姜切成丝，置入加了少许白糖的优质西湖陈醋中，食用即可。

我曾经特意赶往阳澄湖，在湖边的船上餐厅中大食蟹和白虾，渔民刚刚把它们从湖中捞上来立刻就成为老饕们口中的美食，那个鲜和嫩是不用说的了,说了现在还会流口水。

回江南老家的时候,有次被朋友接往一个叫滆湖的地方,一个画画的朋友就住在湖上的一艘小木船上,正是秋高气爽,照例还是我的最爱:虾、蟹还有特别肥美的鱼,其实这三样有一样已经可以吃得非常满足,三"鲜"加在一起反倒是有损口中味蕾,有些蹧踏美味,但朋友之谊只会让他们把好东西统统端上来,船上的狗也知道来了客人摇头摆尾甚是高兴。我们在船上的正舱吃饭,脚底下有板可以活动,稍稍推开一角,底下便露出湖水,把吃完的虾壳蟹脚往那湖水里扔,马上有鱼游过来争先恐后地接,非常好玩。

在船上吃饭的好处,除了新鲜,就是景色好,湖色苍茫,吃饱了,大家就着湖水洗手洗脸,非常方便。然后马上可以开船,你不用走出去,眼前便已换了一面又一面的风景,船上的人目眩神迷,忍不住会开始唱歌。

可惜,我想到这么多,摩尔却不能体会,在我们之间永远隔着理解的鸿沟,我不愿和他说很多,说了他也未必理解得了,他喜欢中国的饭菜,仅仅只是火锅的热闹和烤鸭的色泽罢了。

上好的白葡萄酒,鱼,我要了米饭,尽管米饭里拌了油和盐,仍然高兴。

摩尔要了拌了洋葱和料的切碎的生牛肉,野人的口味,我们后来又干了红葡萄酒和水果浸泡在一起的西班牙酒。喝了满肚子的水,我不时停下来上洗手间。洗手间在二楼，我带着醉意走在弯曲的楼梯，在墙上的镜子里看到一张绯红的快乐的脸，心里那个声音在批评我：你为什么感到快乐？可是我还是带着犯罪感地快乐着，快乐得带点罪恶感。

脸红红的，我有点头晕，整个老饭店有种罗曼蒂克的气氛，使我不由自主。我们又在塞纳河边走了一段。依旧飙车回去，风把我的长发吹乱了，凌乱得像我初到巴黎的心，我趴在摩尔的背上，感到现在只有他可依靠，想对他好，只能对他好，和他相守，暂时不想其他。

小凡的画室

早晨，他先起床，然后房间里满溢着咖啡的浓香。

他给我端来一杯，我在床上喝完，略微清醒，然后起床。

法国人的时间很怪，中午的时候他觉得是上午，晚上十一二点了，他还觉得是晚餐时间，还可以带我去朋友家参加晚宴，他们拖拖拉拉，晚上八九点钟吃晚饭对他们来说吃晚饭还早，喝一杯酒正合适，可我早就饿了。

巴黎人告诉我，巴黎是到中午才活过来的。的确，漫步上午（不是凌晨）的巴黎街头，会觉得巴黎是一个既无灵气又无生气**的城市**。但是，随着中午的到来，巴黎开始焕发出一种很生动的**面貌**，街道行人真的都宛如活过来一样，由惺松到振奋。直到夜晚，**巴黎的气息**才开始在灯光中绵软，透出**丝丝缕缕**的香艳来。

　　如果下雨，巴黎总是会下雨的，好像有哀怨的女人**在流眼泪**，好像想把身边的男人留住。下雨的时候，巴黎会弥漫**一种失意之气**，地铁里喝醉了酒的人更是如此。起雾的时候也是，在**这个城市**，你会遗忘了时间，可以把自己想象成上个世纪的鬼魂。

　　这个城市的人总是习惯于懒散，这些报社编辑、记者、失业人员、公司职员、模特、三流演员、艺术家、外来的旅行者、**无所事事的人**、失意的人、看上去天生就懂得优雅的人、闲散**和忧郁的人**，他们一天天地在街头咖啡馆里泡上很长时间，闲聊和发呆，直到彻底忘了一切。

　　喝麦片粥，用牛奶加麦片调和，新鲜的樱桃，草莓酱，黄油和面包。

　　上午我和他都属于半痴呆状态，不太说话，两个人都一边机械地吃，一边想着什么心事，很少说话。

　　刚洗过的头发湿湿地耷拉在脑袋上。

　　给南京画家汤国的朋友小凡打电话，他在郊区有个工作室，下午正好要做一个采访。我说可以一道去看看，于是摩尔送我过去，天有点下雨，阴冷冷的，要去的地方很难找，是在郊外的旧工厂区。穿过空旷的皇宫和广场，摩尔不停停下来问人，然后再上路继续前进。他真细心，有他我似乎一点不用操心，怕我冷还把自己的衣服脱下来披在我的身上。终于找到了，小凡在楼下接我们。摩尔在画室小坐，然后他去报社上班。

我和小凡一见如故。他和汤国很像，在法国十多年，但看上去还是有南京那个古城特有的古朴和旧旧的舒适感，说话慢条斯理，成熟稳重。他画的都是色彩鲜艳的花，各种各样的花朵，一朵就占了整个画面，抢眼，性感，有色情的隐喻，造型有雕塑感，那样性感的花如果做成琉璃，里面再有光透出来，效果肯定逼人。

小凡的花已经画了十年，在欧洲卖得不错，最近开始转向大的泡沫吹塑的虚实玩具加生活图景，我还是觉得那些花更惹眼。画的尺寸不大，但一幅又一幅，有量的堆积，布置在一面墙上，一张张看过去会浮想联翩，当然人不能老画一种形式的东西。

艺术家沿着一条摸索之路前行，总是对自己有不断的发现，有时又回到开始，但其中已经有了质的飞跃，不再是单纯地回到开始。

内容和深度，实力和炒作，对画家来说也是必须面对的话题。炒作的最好状态是画家找到了和市场契合的最佳切入点。像艳俗艺术的代表人物杰夫·昆斯那样身体力行的艺术家加商人，他把自己和艳星女友的性爱场面做成雕塑，非常艳俗又非常好看，最后变得非常商业，本人等于是一个演员加商人，有巨大的炒作能力，很牛气，也很有市场眼光，善于利用媒体，善于利用男女关系，善于利用艺术，会摆谱但又恰到好处。天才就是在适当的时机用最适当的方式来处理一切的人和事，所以，嫉妒天才是没用的，他注定会拥有属于他的时期，他注定会成为那个时期里的代表英雄。

和艺术家闲聊

时势造英雄是不错的，那一个时期的人们需要什么，你又正好走对路，提供了一个那样的话题和市场，那就正好成功了。

上世纪九十年代造就了世界超模，现在的模特再也无法超越。

用中文和一个中国艺术家聊天，这种久违的乐趣终于又回来了。

在上海，南京，北京，成都，云南，广州，我有过很多个在画家的画室里聊天的经历。在画室里的时间好像是停滞不前的，话题在闲散地游走，茶的清香，画上油料的味道，桌上闲散小书的味道。

我们互赠书和画册，我在我的书上题了："感谢巴黎让我遇见小凡。"他在画册上题了："初见如故，以百花为证礼。"他好久没看中文书，这下有我的小说可以消磨一下时光。

我们开车去附近一个咖啡馆喝咖啡，我吃了一个热狗，小凡接到报社的女记者，一起回到画室。他们在聊天，我在隔壁另外一个画家的工作室里躺在沙发上小睡。

法语像鸟语，把我的脑子弄得整天很晕。因为听不懂，所以更觉得他们说的都是啰嗦的废话。

画家不在，只有墙上的画代替主人向我问好。

采访完毕，记者告辞，我陪他先去一家画框店，完事后，他开车带我看街景，慢慢经过协和广场，珠光宝气的梵登广场和里兹饭店，香榭丽舍大街，经过名店和浮华聚集之地，再经过凯旋门。

在车上和画家聊人生，世界真小，我们聊到以前我在上海时认识的一个女孩儿，被一个艺术家骗来巴黎，女孩儿本来想利用他在巴黎打天下，没想到艺术家更精，他把女孩儿锁在房间里，使她在巴黎结交一些人开始巴黎生活的梦想破灭，她来过了巴黎却像从未来过。那个艺术家据说还有虐待人的情结，先后结过几次婚，每个女人都给他生了孩子，还算聪明的上海女孩儿最终逃走了，相互利用的计划落空，但人还算完好地打道回府。

我说其实现在国内的生活可以过得非常好，女孩儿没有必要像以前那样冲动地挣扎出国。

小凡说早晨那送你来的孩子看上去不错，很不放心的样子。反复关照一打电话给他他会过来接我，好像中国男人就是坏人似的。

我说是的，摩尔很好，比很多中国男人都好。比如以前我可能很想嫁给摩尔这样一个天上掉下来的法国单身男人，他会很绅士地对我好，甚至比国内很多男人单纯，有责任心，但是现在却一点也不会这样想，因为更在乎交流的全面，更自我，不会委屈自己，贪图一点点异国情调。

小凡说，现在国内出来的女孩儿真的很厉害。那个上海女孩儿也曾想要来找他，幸亏他没收留她，留下来也不过会把他当作临时的跳板罢了。他现在的女友是一个希腊姑娘，还在读书，要比国内的女孩儿头脑简单很多。

我点头，国内女孩儿头脑复杂，那都是生活逼迫她们这样的。国内的男人同样比外国男人头脑复杂，可我不会喜欢头脑简单的摩尔，我还是喜欢中国男人，因为只有复杂的人才能理解复杂的人，看明白他们。有的人害怕自己被别人看明白，他们情愿躲在一个不太明白自己的异性面前过一辈子，可我不行，我需要身边的人聪明，不需要我和他解释初级的问题。

说了一下午的国语，我感到很舒服，小凡大概也很久没有人和他这样长聊国内情况了。

下午五点半在卢浮宫附近的皇家公园，在过去皇帝的行宫里，等摩尔来接我，那里有很多黑白条纹的高高低低的小柱子，风格很现代，是一个法国著名的艺术家 Buren 的作品，据说在皇家花园里的这组设计争议很大，保守派认为他破坏了原来的园林整体风格，看来不管是法国还是中国,艺术总是无法避免保守派的攻击。

过几天摩尔会陪我去蓬皮杜艺术中心,那里正举办 Buren 的色彩与空间展览,我会好好看他的作品。

和小凡告别,摩尔带我去他的报社办公室。

充满纸张的环境让我感到熟悉,亲切。我感到摩尔有意识的介绍,他一脸以我为荣的样子,他的同事们好奇地注视着我。我们到顶楼的露台上小坐,风很大,可以远眺巴黎,老城静静的,上面压着灰蒙蒙的天。

所谓艺术家

摩尔一个星期去他父母家吃一次饭,他去他父母家之前,先带我去看了一下埃菲尔铁塔。铁塔真高真大。夜晚来临,铁塔上亮起了火树银花,在夜色中勾勒出铁塔的整个轮廓。

我坐地铁回 19 区,在家附近的温州饭店吃酱肉芋头汤,木耳鸡块,还有温州馄饨。

女人适应环境的能力真是天生的,现在我已经很会坐巴黎的地铁,可第一次独自一人坐地铁的时候,拿着巴黎的地铁路线图,坐是坐对了,可到站了就是找不到出口,来来回回绕来绕去的,一直在地铁里打转,跟一只耗子似的。有一个唱摇滚的哥们儿在日本发生过和我那天情况一样的事情,但他是在坐地铁前被人塞了一颗迷幻药物在嘴巴里,坐着坐着地铁,药性突然发作,他满头大汗,在地铁的迷宫里穿梭来去,就是找不到门去寻找自己要找的方向。当时我取笑过他,没想到在巴黎我没吃药就已经跟一只耗子一样了。

那样的经历以后就没有了,我很方便地顺着箭头的指向找到出口。

吃完饭,散步,途经剧院,市场,商店角落里的墙上贴满写满中文的招工和租房讯息,19区混杂居住着很多中国人,印度人和阿拉伯人。黑人们开的香料店,各种特色店比比皆是,他们时常在街头跳舞,有上来搭话的男人,我一概说听不懂。买到了中国豆腐,小块的,犹如满足了我所有的乡情。

在卖水果的小摊上买了几个梨,可回家后才发现极难吃,粉粉的乳膏状,没有香味也没有味道。摩尔回家后,把它去了皮加调料,撒上油,就变得像起司一样好吃。可我还是不吃。

他用字典查出来告诉我,那是一种叫锷梨的玩意儿。

给上海女孩西西打电话,我认识她父亲,她父亲说他二十二岁的女儿在法国一年半几乎把很多女人十年里的路都走过了。她和一个法国青年结了婚,她先是在开酒吧的老公手下打工,过了语言关,结婚后她很快生了孩子,一个大胖儿子,西西带孩子带得很辛苦,因为法国人不会请保姆照料，但孩子大了就好了。西西说她已报了大学的班，会一边带孩子一边读书，这样孩子大了，自己也可以再找一份喜欢的工作。

向西西要了电影学院导演系毕业后在巴黎开旅行社的燕青的电话，然后和他约下午三点半在海明威以前住过的街区蒙巴纳斯见面。那栋高楼是在蒙巴纳斯。

我看过一本书，名叫《巴黎的放荡》，又名《一代风流才子的盛会》，说的是十九世纪末至二十世纪初的巴黎，包容了毕加索、海明威、阿波里奈、阿拉贡、莫迪利阿尼、马蒂斯、雅里、马克思、雅各布、帕森、马雅可夫斯基和季亚吉列夫等一大批世界著名的艺术家、作家、诗人、画家早期生活的各个侧面。他们的大胆想象和创新带来了野兽主义、立体主义、达达主义、超现实主义和无政府主义。

艺术家不是圣人，他们的创新来自各自推崇的自由：创作自由，思想自由与生活自由。于是伴随他们吟诗作画的艺术创作生涯，就出现了一些放荡不羁如同痞子似的生活方式：佩戴用纸或树皮制作的领带；将短裤套在上身当衬衣，穿着满大街游荡；用金表换一些破烂拖鞋；经常喝得酩酊大醉，在蒙特马特和蒙巴纳斯大街上随意鸣枪开道；在餐馆酒吧中打架斗殴，寻衅滋事；身边女人成群，更换不迭……

艺术家的人品和性格也形形色色，各式各样。

有的生活清贫，省吃俭用，却全力资助他人。

有的收入颇丰，过着奢华生活，却背叛恩人，见死不救。

有的喜欢热闹，整天前呼后拥，从酒吧到舞厅，从舞场到郊外，甚至临时决定一车开到海滨，毫无计划地荒度终日。

有的喜欢独处，同他人老死不相往来。

有的对爱情忠贞不渝。

有的见异思迁，喜新厌旧。

他们之间也常发生钩心斗角，争权夺利，嫉妒仇恨和无可奈何的事情……

我欣赏艺术家，但在生活上我害怕艺术家，他们具有摧毁的力量。

可笑的是，艺术有时成为附庸风雅的手段，典型的例子是一个年轻人，参加了一个自称为"饮水人"的小组，因为他们十几个成员除了水之外买不起别的饮料。他们都无甚才华而雄心极大，住在茅棚或牛圈的阁楼上，在饥饿的鞭策下做着艺术，把仅有的几个法郎用在花费不大的放纵上。有一年冬天，他们第一次有了火炉：这是在楼板上挖的一个洞，牛圈里牲畜的体温从洞里上升到他们的房间。他们患有穷艺术家的职业病——肺结核、梅毒、肺炎，所有这些疾病由于营养不良而加剧。有才华的年轻雕塑家死了，可能他是这伙人中唯一的天才,这样的葬礼接二连三,他们把口袋里所有的钱全掏出来才凑够买一个木头十字架放在坟上。

这样的生活实在过不下去,年轻人开始写他和朋友们的生活,这是他所知的唯一的生活。就他本人而论,他痛恨并想尽快摆脱这种濒于冻饿的生活,但是他设法写得使广大读者觉得这种生活有情趣。这样的一本《穷文艺家的生活情景》取得的成功超出了他的奢望。这本书使它的作者一下子过上了资产阶级的舒适生活,而且他改变了群众心目中的一个形象。穷艺术家和一种有情趣的生活方式挂上了钩,这一点有点像国内当初的圆明园画家村,穷变成了一种招摇的手段,被人曾经瞧不起的穷文艺家聚居区,为了维持生活而不得已采取的权宜之计变成了一种永久的生活方式,变成了一种以仪式和服饰为标志的流派,变成了一种教义。有人以模仿他们为时髦,信奉这种教义的不仅有年龄不同、贫富有别的文艺家,而且在后来的岁月里还有美术设计师、行业报纸的记者编辑、室内装潢师、色狼、同性恋、资助艺术的百万富翁、性虐待患者、女色情狂、桥牌能手、无政府主义者、靠赡养费生活的男女、疲惫的改革者、教育狂想家、经济学家、吸毒者、患酗酒病的剧作家、裸体运动者、餐馆老板、证券经纪人和渴望表现自己的牙科医生等等。

之前我看了一篇论文:艺术家的心理学。

研究证实,艺术家多半有严重的虚弱、依赖、孩子气、天真、被虐待狂、自恋狂、不懂得区分善恶，以及恋母情节等倾向。艺术家的童年往往比别人敏感，他们也比一般人更渴求母亲的爱。等到成长以后，艺术家便可以到处寻找母亲的形象，如果无处觅寻的话，他们便在自己的作品中，塑造出一个理想的母亲。

艺术带来的名气，并不能真正弥补早年缺乏的爱。即使世界上的人都爱你，也填补不了某个特定人物的空缺，同时，这个世界也绝不可能像母亲那样的爱你。因此，名声也带来了失望，于是，艺术家转向鸦片、酒精、同性恋、异性恋、双性恋、宗教、政治、自杀等寻求慰藉。

但这些办法，也不能完全解决问题，除了自杀以外。

安东尼·波奇尔曾说过一句话：充满了痛苦，唯有死，才能治愈灵魂的痛苦。

这句话正好可以用在艺术家身上。

乱世出英雄，乱世也出艺术家，现在的艺术家，即使出来也会循规蹈矩得多了，他们已经懂得向生活妥协。

光头燕青做导游

燕青是导演系毕业的，应该也是艺术家。可他在巴黎开的是旅行社，娶的是法国太太，即将给他生孩子。开旅行社的好处是他还是可以艺术地在各个国家行走，以工作的名义看各个国家的美女。

我拍下了蒙巴纳斯地铁站，楼前的时间停在了三点半的刻度。空无一人的旋转木马一圈圈地转过去，忽高忽低。

一个光头帅哥停在我面前，我们从未见过面，但很容易相认。

坐上他的车，去洛东达咖啡馆，那个一百年前艺术家们爱去的地方。

在露天座上喝咖啡和热巧克力，闲聊东方的神秘，还有我们喜欢的台湾导演骨子里的黑暗、绝望和暴力，从侯孝贤、杨德昌，到蔡明亮，他们生活在现代，内心很传统，很反叛，很深刻，时常反省，不像大陆的大多数那么麻木、逃避和及时行乐。

在巴黎聊到蔡明亮的《你那边几点》，一部讲述台湾和巴黎两边一对年轻人故事的影片感觉是恰到好处的。蔡明亮有怀旧情结，我怀疑他和我一样是巨蟹座的，他喜欢法国新浪潮电影，因为一部《四百下》而迷恋特吕弗。为了这个特吕弗情结，后来他特地拍了一部片子向这位法国电影大师致敬，片名叫《你那边几点》，也叫《七到四百下》，2001年的作品。他拍过不少作品，我几乎有他所有的影片，除了1992年的处女作《青少年哪吒》，不管是《洞》《河流》《爱情万岁》，还是《你那边几点》，所有的片子里都有一种阴郁的气氛，都有一个同样阴郁不健康的男孩儿李康生的脸，他喜欢起用女星杨贵媚，我很喜欢这个女星的名字，很唐朝。

和燕青有一搭没一搭地说话。他问起我的计划，看是不是要像以往接待国内来人那样安排一次西班牙什么的旅行路线。我说可能不需要了，我的时间只来得及去波尔多，那是摩尔早就定好的，过两天就出发。因为找我需要打摩尔的电话，实在不方便，燕青提出陪我去买一个巴黎当地的卡，换在我的手机即可用，这样我在巴黎就有一个自己的号码了，人家打给我还不用钱。那种卡和神州行一样，可以用两三个月，在我的旅行期间是足够的了。

于是就去买卡，当然回家后才发现我的三星手机型号不符，巴黎号码还是没用成。

这是后话了。

当时天开始下雨，黄昏时分的蒙巴纳斯，燕青说附近有一个著名的公墓，杜拉斯和萨特以及波伏娃现在都常驻在那里。我当然觉得向导提出的这个节目很对我胃口，只是燕青的手机响了，他要赶回旅行社，只能把我一人撂在公墓了。

燕青安慰我那里很安全的，我说当然，当然，我知道很安全。

我瞧着自己穿着黑衣服，头上裹着大披巾，心里说他们这些大师们不要见了怪怪的我的样子怕才好。

公墓真大，我在门口下车，燕青和守门员问了几句，守门员正在打铃，一种古老的铃，铃声响彻整个墓园。他说里面已经没活人了，我要是想进去看得快点出来。燕青问杜拉斯在哪儿，守门员朝一个方向虚晃一下手。

我答应了，沿着主路向墓园一路走进去，也来不及细看那些墓碑上的名字和照片，老实说，一个人走在下雨的墓园我还是很害怕的，特别是天阴阴的黑夜即将降临，尽管国外的墓园漂亮干净得像花园，每一个墓碑都不一样，点缀着鲜花，十字架肃立，年轻的欧洲女郎定格在墓碑上——我不敢惊扰那些睡着的人的长梦，怕他们突然从墓里出来看着我新鲜把我拖进去陪葬。

离他们略微有点距离地走，走过一条条支路，雨还在下，我用头巾把自己藏得更严实了，看上去我自己都觉得我像一个幽灵。

就这样走在墓碑之间，突然身后有脚步声响起来，一个身穿连帽雨衣的男人正在向我走来，嘴里咿咿啦啦，手还大幅度挥来挥去。我以为真的出现鬼了，可"鬼"手里的小铃铛摇了起来，原来是守门员看我久久不出来，亲自进来催我走了。

我还是没有弄明白杜拉斯和萨特的家在哪个位置，就此别过。

活人墓园和江南的恐怖

我看过很多关于墓园的图片，毫无例外，和我眼前看到的一样，都非常美，非常艺术。

有一位做地产的朋友冯仑，他有一阶段对死亡的话题和书籍产生了疯狂的热情。

到处看墓园，在莫斯科看完后，开始想在国内做一个名人的活人墓园。也就是说，请各行各业活着的名人自己为自己设计墓碑，设计墓地，这样每个人会给那方园地带来属于自己的不同风格。也许每一种不同集聚在一起，就使这个活人的墓园有了无可辩驳的特色，在他们生前就开始收门票供人参观。

商人的逻辑是把任何资源都化作商品来开发，活人、名人、墓地、艺术、商业、炒作——种种奇怪的因素结合在一起，将产出一个怎样的怪胎？

也许可供冯小刚再导一出贺岁剧。

墓园要招商，要有专门的管理层，营销网络，公关宣传部门，形象代言人，以园养园，以园生园，每一位要求加入活人墓园的人都要进行资格审定，墓主简介和设计思想都可以在配套的图书中尽情展示，要签百年以后入归此地的合同，不使墓园名不副实，要开发相关配套服务，和开发周围的旅游资源，使人不管活着和死去时都能享受美景和快乐。

在活着的时候就先想到死，死对活人是个永远的诱惑，因为我们不知道死去之后的世界会是怎样。

美国有一位女明星就有自己的墓地,她还活着,可自己会戴着墨镜,偷偷地来看在自己墓前凭吊的人,看他们的表现,看他们送来的鲜花,如果来看的人少了,活着的她的脸上会显得很落寞。

如何把死亡塑造成一种艺术,如何因为我们对死亡的关照和尊重使它不再显得沉重和灰暗?

如何克服自己在死亡话题上流露出来的重重忌讳?

死,当然隐含禁忌,因为我们不知道哪里暗含机关。

有时候,我们谈论死亡,只因为我们害怕,希望避开,我们甚至在年老和病重时故意用丧事的做法来冲喜,来以毒攻毒,使生命重获生机。

我们要的是生,一点点小小的不吉预兆都会使一个想入非非的计划变成一盘散沙,难以再执行和推广。

生命开不得玩笑,是因为死后难以复生,或者复生也难以让活人看见和信服。活人墓园,当然是炒作的好题材,但要以生命当靶子可不是一件轻松的事情。

说到墓园的恐怖,那还不如我的老家江南的某些小镇和小岛留给我的印象恐怖。

有一些聊斋和狐仙的片子经常会找那样的恐怖地方拍。去那样的地方,最好是下着雨,江南特有的阴湿绵密的雨,可以一连下一两个月,下得所有的东西都开始发毛,空气中有一种无形的东西压得你透不过气来。

这时候你撑着一把油纸伞走上那条青石板路,人走在那样的路上连一点声音都不会发出来。又湿又滑的路,弯弯曲曲,两边是白的墙和灰的瓦。

总是遇到小路边的老桥,老桥倚着河,河边有一座茶楼,门口挂两盏破红灯笼,风吹过来,雨打过去,破红灯笼晃荡着,发出虚弱的光。

街上总是没人,晚上十点已经寂然无声。

小镇和小岛上这几年的最大特色是有了很多空出来的老房子,孤零零的院子,孤零零的老宅,主人都到前面的空地上另外盖了新楼、新的小洋房住着了,或者,主人们移居海外,或是在外地谋发展,把老家的房子都空了出来,任它们闲置。

这样的房子,以前算是大户人家才住得上的,可不管当初有多热闹,曾经子孙怎样满堂,现在都一概荒落,前面的院子里杂草丛生,后院的柴房墙上还留着毛主席的大红语录。

房子一般是木结构的,楼梯踩上去照例是吱吱呀呀,如果你有胆上楼,上楼了又按捺不住好奇心偷偷地朝楼上紧锁的几个木门的钥匙孔里往里张望——你会看到什么?

大多数人看后马上脸色发白,或者铁青,在惨白或者青黑的天色映照下,室内空空荡荡,该搬的都搬走了,墙上却恍恍惚惚还挂着一张大小合适的黑白全家福。再仔细看，屋子的另一个角落赫然停着一具寿材，黑黝黝的，庞然占据着你的视线，让人不得不为那气势所震慑，被这种出其不意的恐惧所击倒。

在农村，家里为老人准备一口棺材并不是一件特别的事情，老人生前生病了用它冲喜，或者看着也心安。只不过时代在变，很多准备好了的寿材最后老人并不一定能睡得上了，有的，便只能空空地停在被废弃的祖屋里，伴随着一日深似一日的空寂。

夜晚推开木门发出的声音，人走在木楼梯上踏出的声音，风掠过破旧的木窗户发出的声音，猫站在深秋的墙头突然发出的惨叫声，还有隐隐约约的人声，你明明听到了声音，定睛去看却看不到一丝人影——这样的恐怖胜过巴黎的墓园千千万万倍。

他和她，还有起司先生

她享用他的咖啡、酸奶、樱桃和面包，但他不碰她的中国豆腐、鱼香榨菜、生煎包子和木耳鸡，使她感觉像榨菜一样受冷落和忽视。

她跟屁虫似的跟着他，时不时拐进一家路边的小咖啡店喝上一杯。

时不时和街角一家小餐馆的老服务生打招呼，坐下来吃个他推荐的肉和鱼。她看不懂墙上写着菜单的黑板，他就是她的眼睛和耳朵。当然，永远有好酒，好的香槟，纯净的白葡萄酒。

她在熟悉他的生活方式，好像她自己毫无生活经验可言。

他不断把她带到以前的市政厅和皇宫中看现在的展览。

她听他的音乐，在一些熟悉的唱片封套中寻回往日情怀：BEATLES在唱HERE，THERE AND EVERYWHERE——古典音乐与Buddha-bar，Air的《Moon Safari》：A night at the playboy montion。

她喜欢猫，把它们叫做欧洲的小虎。哪里的小虎都有着相近的脸和表情。

他带她去蓬皮杜看现代艺术，看毕加索的立体派时期，看黑白小电影里1924年的巴黎，人像木偶似的走动，二轮车，骆驼，迎娶新人的队伍，奔跑的人们西服革履。Buren的色彩与空间展览让她眼界大开，他太善于利用色彩和空间的变幻制造效果了，空的空间，镜子、色彩和条纹，不规整的房间，门和门，门和墙的交会，灯光打出的圆，灯光制造的隔离感觉，投影器和电视画面——一切既现代又完美。

中国艺术家蔡国强作品中的火和爆破场面在不停地滚动播映。

坐在展厅旁边用透明玻璃和银色材料做成的漂亮餐厅，看每张桌上放置的玫瑰花瓶，几乎也是一个装置作品，不是可以随便消费的所在。

他带她去他的作家朋友的家中做客,吃传统晚餐。

矮矮胖胖戴一副黑边小圆眼镜的作家在十年前来过中国的西安,他还在西安买了一尊秦俑运回家。他那在出版社工作的太太一身黑衣,面露疲惫的忧伤,一问才知道,她的老板今天早晨突然心脏病发作离开人间,事先一点预兆也没有。

作家在小小的桌子上切火腿和香肠,桌上台灯颤抖,她和作家太太相视而笑。切下的火腿可以直接放在嘴里吃,配面包吃。作家下厨做了两道热菜,并且拿出四五种起司供她挑选,有荷兰起司、意大利起司、法国起司、德国起司,她只知道那些东西颜色不一样,浓度不一样,味觉不一样,并没有太多兴趣一一品尝,可作家热情备至,需要她一一品尝法国美食的不同之处,于是她给作家起了一个外号"起司先生"。

起司先生正在给法国的美食写一本书,书里包含有大量的法国名店和名厨师,图文并茂,为此他有很多时间是在采访和品尝中度过的,称他为美食家也不为过。

美食家的身上一般总洋溢着陶醉于斯的乐观态度,因此,起司先生家里窄小的房间、窄小的厨房和卫生间都算不上什么了,一个中年法国作家比她这样一个青年中国作家家里要小很多。他和她聊起出版制度,出书的问题,很多问题是相似的,年轻作家的书和题材可能更会受市场欢迎,也更容易炒做成市场畅销书。起司先生以前的小说是宗教题材，关于一座教堂什么的，写得很厚，但她即使看得懂可能也无心细看，从中反映得出她的漫不经心和起司先生对待问题的严肃态度。他烟瘾很大，时不时在烟丝袋里摸一把，卷着烟纸很快就卷出一根烟来，放在鼻子下面闻上一闻，再放进嘴里，轻松地吸上一口。

她和作家太太提到杜拉斯，她忧伤的眼睛里突然有光闪过。她是不是想起了曾经打动过她的那个女人小说里的情欲？当她想到她，眼前简陋的房间、朴实的丈夫也许突然被那一种情欲之光笼罩，只有情欲，可以使人忘记眼前刚有熟人死去的现实。

男人抽着烟，刚刚结束晚餐，品过了几瓶上好的葡萄酒，眼睛在镜片后面思考着什么，这个样子很作家。

巴黎的慵懒

在阳光灿烂的巴黎的街上，享受巴黎的慵懒。

在街头的无名咖啡馆，看海明威和自己的书。

在一个下雨天，我想象海明威在雨中走着，经过亨利四世中学，古老的圣提安杜蒙教堂，以及冷风呼啸而过的万神庙广场。为了躲雨，他紧挨着右边走，最后沿圣米榭大道背风的那侧走出了广场，继续往下走去,经过克吕尼博物馆和圣杰曼大道,终于来到圣米榭广场上他常去的一家雅净的咖啡馆。

那是一家气氛宜人的咖啡馆,温馨干净,充满了人情味。他把旧雨衣挂在衣帽架上晾干,把破旧的毡帽搁在长凳上方的架上,而后叫了一杯咖啡加牛奶。服务生端来后,他从大衣口袋里取出一本笔记本和一支铅笔,开始写作。他写的是一个关于密西根的短篇,那天朔风肆虐,冷飕飕的,因而小说也发生在同样寒风凛冽的日子。他在童年时、少年时和刚成年时都看见秋日将尽的景象,而且,有时候在某地写作会比在另一个地方写作更好,这或许就是所谓的把自己移植到他处,他想。人和其他生物也都需要同样的移植。然而,小说里的小伙子们正在喝酒,他不禁也觉得口渴了,于是叫了一杯圣詹姆斯牌兰姆酒。在这样冷的日子里,喝这酒最对味。

他继续写下去,感觉不错。上好的马汀尼兰姆酒温暖了他的全身,也振奋了他的精神。

一个女孩走进咖啡馆,独自在临窗的桌子旁坐下。她长得很美,脸蛋清新有如新铸的钱币——假如可以用柔滑的肌肉和雨水浇过的皮肤来铸钱币的话。她的头发黝黑得好似鸟的翅膀,剪成一刀齐,斜遮住她的脸庞。

他凝视着她,她牵绕了他的思绪,使他兴奋异常。他很想把她写进他的小说,或者别的什么作品里,但她坐在能看得见街道和咖啡馆入口的地方，所以他知道，她是在等人。

他于是继续写作。

故事仿佛自动铺展开来，他的笔好不容易才跟得上。他又叫了一杯圣詹姆斯牌兰姆酒。

每当他抬起头来或者用削笔刀削铅笔时，他都会瞧那女孩一眼，任由刨下来的卷曲状笔屑掉进酒杯底下的碟子里。

"我看见你了，美人儿，现在你是属于我的，不管你在等谁，也不管我以后能否再见到你。"他心里想，"你属于我，整个巴黎也属于我，而我属于这本笔记本和这支铅笔。"

而后他又开始动笔了，全神贯注在小说里，忘记了周围的一切。现在故事不是自动铺展开来，而是由他驾驭了。他没有抬起头，也没有留意到时间。他不知自己身在何处，也不再叫圣詹姆斯兰姆酒了。不知为什么，他厌倦了那种酒。小说终于写完了，而他，也累了。写完最后一段，他抬起头来找那个女孩，可她已经离去。但愿她跟一个好男人走了。虽然这样想，他还是觉得有点怅然。

他把小说合进笔记本里，放进大衣的内口袋，而后叫来服务生，点了一打葡萄牙生蚝和半瓶无甜味的白酒。每次写完一篇小说，他总有股被掏空了的感觉，既愉悦又忧伤，仿佛刚刚做完爱一样。他相信刚刚写的是一篇很好的小说，但究竟好到什么程度，他要到第二天重读才知道。

当他吃下带浓烈海腥味的生蚝时，冰凉的白酒冲淡了生蚝那微微的金属味道，只剩下海鲜味和多汁的嫩肉。他吸着生蚝壳里冷冷的汁液，再借畅快的酒劲冲下胃里，那股被掏空的感觉消失了，他又愉快起来，开始做下一步的计划。

当我下笔却找不到感觉时，我也会像他回想起史坦茵小姐的指示那样想到：别着急，以前你能写，现在也同样能写下去，目前能做的，就是写下一句真实的句子，把你所知道的最真实的句子写下来。

现在我像他一样，坐在巴黎的一间咖啡馆，不同的是，我的眼前没有美人儿，我的面前也没有笔记本和铅笔，我不想写作，我只是在消磨巴黎的时间，像无数巴黎人一样把下午的时间闲散地度过去。窗外的光已在不知不觉中由亮转淡。我走出咖啡馆，和海明威遇到的又冷又雨的天气不同，现在秋高气爽，我沿着小街逛那些一家一家连在一起的小店，买了几样中意的衣服，裙子和拖鞋，一看还是印度出的。

然后在一家清静的中式小店坐下，女服务生是个亚洲女孩儿，说一口流利的法语，偶尔在电话里说潮州话。店内供应法国口味的中国餐，陈列在橱窗内现点现卖：红烧排骨，虾仁豆腐，白米饭，是我想吃的饭菜，但入口后才发觉已经不是我想象中的味道。我总是在寻找一种记忆中的味道，可惜什么都会改变，更容易改变的是记忆中爱的味道。

将就一下吧，看来胃的蛋白酶决定了一个人改变不了的乡愁。

卢浮宫，罗丹博物馆，薇薇安穿堂

摩尔说你一定要去卢浮宫，你怎么可以不想去那看看呢。

我说太多的藏品会让我累，我情愿看画册上的卢浮宫。

他还是把我带到了玻璃金字塔。

幸好他没容许我懒惰。我面对艺术品叹为观止，再小的雕塑都带着灵魂，四五百年前的油画都仍然栩栩如生。

头晕目眩，那些房间就是一件件值得珍藏的艺术品，艺术的艺术，让人压抑和失语，如果老是看这些珍品，艺术家还有何为？在蜜罐边泡的蜜蜂只有一头栽进去被自己人酿的蜜呛死了活该。

我竟然没有看见著名的蒙娜丽莎，走出那么大的地方，我才发现我错过了她。黄永玉在卢浮宫亲眼看见一对夫妇指着伦勃朗画的一幅老头儿像赞叹地说：啊！蒙娜丽莎！

真正的蒙娜丽莎却是既被双层的玻璃罩子罩住，又给围得水泄不通。

在享受完令双脚疲乏的文化大餐，在我喜欢的小王子专卖店里买了几样礼物后,去对面街头酒吧的露天座上享用三文鱼套餐和橙汁的美味,松懈神经。

英俊的服务生不给我菜单,他喜欢逗我说话,他看着我说:"我就是菜单。"

铺着橄榄叶的米饭真香。

下午摩尔陪我去罗丹博物馆。

说博物馆其实是一个点缀着罗丹作品的公园,一个与自然结合在一起的青铜大理石等材质的大师作品展。

巴黎人真有福气,他们随时随地可以休息,就在美轮美奂的景色和大师的艺术作品旁边。喷水池边备有躺椅,走累了就躺下来看一本书发一会儿呆,旁边罗丹的《沉思者》背衬着蓝天正在永久地沉思。地狱之门在显微镜的设置下每一个细节都近在眼前。我和摩尔仿造雕塑的姿势拍照。

再从国家图书馆、银行和股市及法兰西喜剧院四大建筑指针之间,找到胜利广场,骑着马的贞德雕塑已成为巴黎新时髦的象征。胜利广场的氛围是富裕中带着风雅的,体现着巴黎的日常风貌,非常生活化,它不像香榭丽舍大街那样过分张扬。这里窄窄的街道刚好过得了两辆车。两旁建筑没有深宅大院,却雕花精致;商店没有闪烁的霓虹灯,却都精心布置着橱窗,贩卖高尚的货色;而走在有着大起大落历史的穿堂里,才更感觉到岁月沧桑带来的魅力。

十九世纪初期，有顶的弄堂雨后春笋般在巴黎冒出，其中薇薇安穿堂建于1823年，它的建材用的是当时最时髦的钢铁和玻璃，流线造型顶上透着天光。一间间体面的商店酒吧一间连着一间，绅士和淑女不怕弄脏及地的裙摆或昂贵的皮鞋，冬天体贴地放着暖气，雪大的时候会特别温馨。

摩尔说那个年代的薇薇安穿堂是花都最时髦最热闹的地方，熙来攘往的都是精心打扮的人们。不过物转星移，时髦的穿堂没风光多久就被冷落，工业兴盛经济起飞，小巧的穿堂顿时显得不够大不够宽不够气派，不再被逛大街的人们放在眼里。体面的商店转让给了作坊，有的甚至任由倾颓，原本典雅的设计居然成了贫民窟，甚至堕落成为藏污纳垢的角落。

沉寂一个世纪以后(人能耐得住这么长时间的寂寞吗？)，直到二十世纪末期，薇薇安穿堂又被复古的风潮唤醒，从以往的角落被挖出土，整修复原，费了好多功夫，又变成今日的时髦。怀旧的气息结合流行的指针，非常酷的前卫。

其实可以不管这些兴衰历史，胜利广场和薇薇安穿堂今日就像当年一样典雅，中间的起落像是一笔勾销。我反正也没看见过它们的衰败，但是也许可以从一扇雕花门、一个古老的门面上发现典雅之后的沧桑，巴黎的美，本是岁月沧桑的结晶。

薇薇安穿堂内有浓浓法式沙龙风的花店，水晶瓷器店，晚宴礼服礼帽店，金碧辉煌的法式古董家具店，还有一家专门出售巴黎历史的老书店，硬是把巴黎塞纳河畔的旧书摊比得观光味十足，店中仍坚持用木头梯子找书的习惯。就是这么优雅到骨子里的环境，硬是被一个设计大师颠覆掉了，他让巨大的生铁及锈铜大方地坐落在马赛克拼花玻璃中，说不出的怪，但俨然更成全薇薇安穿堂的魅力，优雅中见现代，巴黎的优雅不正是可以和作怪友好相处的吗？

在巴黎，人容易情不自禁，处处都是可看的历史和风景，人自然也会变风雅和情趣起来。人在风景中本身会成为风景的一部分，但是也会破坏风景的一部分，比如塞纳河桥下的桥洞内处处流有人和狗的尿迹，臭不可闻，实在破坏美景——这里很难找到厕所，为什么不考虑到逛塞纳河的人们方便的需要呢？桥上的情人们在拥抱和法式热吻，桥下则这样一幅不对称的景象。

在整个欧洲，美景都是天然和敞开的，为人服务的，一个穷汉和一个富人可以一样地在美景中阅读，悠闲地在公园的长椅上度过整个下午。当然，富人肚子里可能塞满珍馐美味，穷人则空空如也。

女人的性梦

又去摩尔以前的报社同事家做客，他总是带着葡萄酒上朋友家的门。

　　这次是花园露台上的晚餐，上好的西班牙北部的火腿，意大利起司拌的西红柿沙拉，鱼，牛肉，哈密瓜和面包，通心粉。摩尔的旧同事是一位风韵犹存的中年女人，原来也在报社，后来调到一家新的杂志工作，杂志我看了，很新潮，主要是做流行文化，介绍各种文化新人，新的书和新的唱片。看来编报纸做杂志的要比作家有钱多了，她家里就比忌司先生的家要宽敞很多，还可以在露台上很有情调地吃晚餐，旁边是自己的小花园，花草的下面装有自动灌溉系统，主人外出也不用担心了。

　　她家里有两个男孩，一个十二岁，另一个十四岁，十四岁的少年很奇怪地在学校里报了学中文的班，他很喜欢学中文，因为据说很难学。他们要我给他起了一个中文名字，因为他们知道摩尔的中文名字就是我给起的。我说你就叫云吧，他的法国小名听起来很像中文里的云，而且，他是个小帅哥，清秀帅气的法国少年，有点像年轻时的阿兰·德隆，我想他要是来中国会迷倒很多中国的女孩子。

　　弟弟邀请我和他玩一种皮球游戏，皮球在他的身上滚来滚去就是不掉在地上，可我哪有那么好的技术，三下两下就不行了。

　　两个孩子吃不了几口菜就退回到电视旁吃着冰淇淋看着电视。

　　我被不断介绍给他们新来做客的同事，男主人也回来了，戴着眼镜，看上去很有文化。法国人一坐到一起就聊起来，有声有色的，七情上脸，和北京那帮哥们儿看上去有的一拼。

我和摩尔提早告退，换另一个收门票的俱乐部 Cabaret 去玩。这里汇集了很多新潮男女，可能抽了什么东西或是酒喝多了，晕晕的，High 得很，一边挤在一起热舞，一边热望和等待，在人群中搜寻目标。熟悉的电子音乐响起来了，我好像回到了北京的 88 号，刚兑好的螺丝刀酒一杯一杯让我心醉，我们的座位旁边是一个大包间，连着的日本榻榻米似的床位，上面的白色丝绒垂下来看上去风起云涌。

在一个各种各样人种汇集的地方，每个人看上去都很怪，反倒什么都可以看作平常地去接受，再美再怪的也都变成了平常，这是一种淹没，你可以不用太在意自己的一切。

摩尔的两女一男朋友来了，我又叫来了燕青。天蝎座的他容易给人对手的感觉，一看见他，摩尔就把我的手故意拉得紧紧的，好像一副他是护花使者的模样。

其实双子座的摩尔眼睛里一向对我的朋友有警惕和防备的距离，他防备我和别的异性见面，如果要见别人，他会问："难道你和我在一起不快乐吗？"

我说："我和你在一起很快乐，每天早晨你煮好咖啡端给我喝了才让我起床，到哪里去都陪着，或者都交代好路线了还给我画地图，我很感激。可是我需要说中文，现在我已经堕落到看到英文报纸都感到亲切的程度了，你们的法语让我头晕，我只是要见一点中国人和他们说说我自己的语言。"

燕青也觉察出来了,悄悄对我说:这哥们什么意思呀。我一听他的北京话就乐,说他能有什么意思呢。

燕青的老婆是法国人,怀孕三个月了,他对老婆还是挺好的,有时间就会在家陪着。这个星座的男人还算爱家爱小孩,即使花也是偷偷的,不会伤老婆的心。他们本来就可以做私家侦探,喜欢做事神秘不留隐患,所以家里的老婆很难发现他们的错处。做到这一点对男人来说已经不容易了,谁让天蝎座的男人天生对美丽敏感,容易想入非非呢,这帮好色的鬼。

我现在很喜欢了解天蝎座的男人,这个星座的男人看见我也会有种奇怪的蠢蠢欲动。

燕青和他们大聊起法语,只有我听不懂。

他一会儿又和我说点中文,摩尔他们也和我说点英文,整个台上一幅国际化交际的场面。

我起身去厕所,卫生间在挂满白色丝绒的榻榻米那边,我正摸索过去,背后有个人抱住我的腰,我正要叫。突然听到了中文,燕青在说话,他说你想跟我去另外一个地方看看吗?

我说看什么呢?

他说我觉得你肯定会想要看的。

我说摩尔他们怎么办?

他说就在附近不远，一会儿我们就回来。

他不由分说拉着我就走。

燕青要带我去看的是一种表演，是一种妓女的表演，有各种可能的组合，做客人想看的任何姿势。

我曾经听说法国有些高级夜总会，客人可以加入妓女的表演，我自己倒是不想参加，但对看别人有种天生的好奇。

库布里克生前导演的最后一部片子《大开眼界》里，尼可·基德曼的梦境里就出现过那些艳情的场面：羽毛的掩饰，戴着面具，派对的氛围，俊男色女，陌生的挑逗气氛……

我也经常做有关性的梦，有时候是和一些陌生人，有时和熟悉的亲人，有时候是自己爱的人。

我认识一位演员，他演戏很成功，非常投入，天生是为这个行业而生，天生可以在演员这个行当里称王称帝。在和他交往的几年时间里，很多次做和他在一起的性梦，也许是他一米八几的个子，身体上肌肉厚实，皮肤摸上去像海獭一般光滑，男性特征太过强烈的缘故。

但奇怪的是他的内心和外表正好形成强烈的反差，他的外表让我觉得他是那种无往不胜强悍的英雄，可他的内心其实怯懦之极，一点点事就可以把他吓得在内心屁滚尿流。一个陌生人的出现都可以让他惊慌不安,他保护不了人,他内心需要倚仗别的强大的东西来保护自己。

他是一个身心发育不均衡的孩子。

为了掩饰内心的不堪一击,他在外表上更装出强大无敌的样子来。和人在一起,他先要在气势上把人镇住,其实如果他从容,完全不需要那样着急。

错位的人,错位的情绪。

误解的鸿沟到处存在,一个人可以生活在给别人造成的错觉和假象里过一辈子。

他太不真实了,所以在遇到神秘男子后,我才懂得一个外表纤弱的男人其实内心反倒可以不可一世,身材的强壮和内心有时不是成正比的,我和演员的交往停顿了,但是他身体和外在气息上的强悍还在折磨我。

我不止一次地做梦梦见他,梦到他家里曲里拐弯的众多房间,房间里古色古香点着旧时的宫灯。他喜欢营造色情的氛围,尽管他明白两个人在一起当需要色情的氛围时,关系已经不太色情了,激情澎湃时分是不需要任何附属装饰的。他像鼹鼠一样生活在一层层的窗帘遮蔽之下,他喜欢不见天日,他喜欢默默地研究别人,他对人对事先用怀疑的态度来对待,心理防线设得比较靠前,他喜欢布局,他控制不住琢磨人的乐趣。他害怕事情不以他的意志为转移,控制不住事态发展，所以事到临头他只有一跑了之。为了更好地保护自己，他在事情发生的每个阶段注意让别人造成错觉，一种和自己无关的错觉，他既推进那个过程，暗中操纵和研究对手的反应，又让外人看起来一切和他无关……

他做这一切拿手极了。

我梦到他家的阿姨垂手站立在房间的角落里冷眼观察着我们，我们走过她的身边默契地相视而笑，梦里的笑那么天真坦然，他对我做着有趣的鬼脸，那一切甚至使他变得像天使一般可爱。

我梦到有人怀疑我和他在一起是为了拍电影，我对那个女人说我要不就拍三级艳情片要不就拍鬼片扮演女鬼的事情。

这个怯懦的人他只敢在梦里来一次又一次打扰我，正如同平常他喜欢在内心怯懦的时候用短信息来纠缠和打岔，正如同他天生适合演戏，因为演戏可以代他去生活又可以不要他担负什么责任。生活的变化是他不敢面对的，只有剧本可以让他修改和预先设计，他用演戏来逃避日常的生活，他的表演很成功，他的台词说得很成功，他成功地钻进别人的生活里，暂时过起属于另外一个人的日子。

他在演戏阶段两三天睡不着觉的当口，会打电话请求我帮助他用声音来完成一些事情。

我想他开发了我在这方面的能力。

梅格·瑞恩在餐馆里会突然模拟女人在床上的高潮表现，我想我比她差不到哪儿去，因为不需要餐馆，不需要面对面，只要一根电话线，他在喘气，他在说话，他在听我的反应，他在诱使我发出声音——然后我们成功了，我让他成功了。

和这样的人交往真是变态和辛苦，我不知道我在图他什么，他是一个吸血鬼。在梦里出现，才会比现实里更显得真实，甚至他在梦里跟随我来到巴黎，让我在摩尔的身边梦见他。在巴黎的梦境之中他又一次狂热无比。他对我把心给予一个神秘男子的事实生气，他诅咒我的野心和对他的背叛。

他在梦里折磨了我一次又一次。

我知道他等着看背叛他的人为离开他后悔，为不听他的话不珍惜他而后悔，他会在心里说总有那么一天的。我知道他害怕他在真实生活里不行。

他害怕在真实的生活里养成了依赖上某个人的习惯，那样他将受她控制，他害怕现实让他变得无能。也许他是对的。

米兰·昆德拉同样在小说中写到女人的性梦。

他这样写到一个女人：

躺在她狭小的床上，她睡的并不如他想的那么好。那是时不时被打断的睡眠，充满了令人不适的、时断时续的梦，荒诞、毫无意义，而且让人不舒服的带有色情味。她每次从这样的梦中醒过来，都感到犯窘。

她想，这就是女人生活，每个女人的秘密之一。

这种夜里的杂七杂八的东西，使得任何忠诚的许诺，任何纯洁性，任何无邪都变得可疑。在我们这个世界里，人们并不为此而恼火，可尚塔尔喜欢想象克莱芙王妃，或者皮埃尔笔下贞洁的薇吉尼，或者在今天汗水淋淋地跑遍世界行善做事的特雷莎修女。她不无快意地想象她们从她们的夜晚中出来，就如走出了一种不可承认的，完全不可思议的，愚蠢的，罪恶的泥沼，然后在白天又变得是贞洁的，处女般的纯洁。

她的那一夜就是这样的：她醒过来几次，每次都在跟许多她不认识的男人奇怪地群交之后，而且那些人都让她厌恶。

色情的夜总会

我对燕青说我只是去看看而已。

燕青说他也没看过，只是听说而已，他总不能带着老婆去看吧。

我觉得我们原来似乎站在一块跳水板上，然后一头扎了下去。

那是拉丁区上一条街上的一间夜总会。进门后，鸨母要我们在桌边坐下，我们要了酒，然后挑选喜欢的妓女组合。

他说想看一个男人和一个女人。

但这家的节目单上只有女人。她让燕青挑选的时候,燕青把任务推给了我。他觉得他自己格格不入,而我可能会喜欢看一场女同性恋的表演,对此他也很好奇。

一群裸体女人围着桌子不停地转来转去地走,叫喊着,使着眼色要我挑选自己。我花了三秒不到的时间,就选了两个姑娘,无疑我选的是房间里最好的两个姑娘:一个很活泼,丰满,看上去像西班牙的女人,另一个羞怯,娇小,苗条又带点温柔,她一点也没有试图吸引人的注意。

这两个女人坐在她们桌边,除了部分地遮住她们乳房的一条小小披肩之外,什么也没穿。燕青觉得自己有种奇怪的感觉,他用中文告诉我,说好像觉得自己只不过是坐下和这两个年轻姑娘好好聊上一聊,她们跟所有的法国女人一样,应该都有轻松聊天的天赋。

我没有喝酒就感到醉了,眼前好像有一层笼罩的云雾,我透过那一层云雾来感知整个世界。我和她们对看并且微笑,我的脸上带着宽慰,混合着同情和理解的所有表情。

两个女人带着我们上了楼,我很喜欢看她们裸体走路的样子。

对于那未知的一切,如果我原来还有着狂热的渴望的话,在真实面对她们赤裸的身体的那一刻,一下子所有的一切都烟消云散,我变得安静了。

两个女人用伪器具配合演了她们称作"阿拉伯式的,西班牙式的,巴黎式的,在住不起旅馆房间时式的,在出租车里的,昏昏欲睡时的……各种姿势"。

总的说来,没有超出我的想象。当然更没有超出燕青的知识范围。

我打断妓女的表演,要求看女同性恋自己的姿势,提出要求坦然得就像她们在展示商店里的商品似的。那个大个子妓女演示了如何用舌头去做挑逗,使得那个小个子达到了高潮,发出了满足的呻吟。

燕青好像有点看不下去,头上直冒汗。

我对他说:你要其中哪个姑娘吗?对我,你不用掩饰,我们没有任何关系,我不会介意的。

尽管内心有点疯狂,但燕青还是觉得这房间有点脏,姑娘有点脏。

他用中文说,姑娘们听不懂。

我们还好没有彻底变态,付了钱还是很正常地回到摩尔所在的俱乐部。

他们奇怪我们刚才去了哪里,燕青说刚才带我去他知道的一个中国人会所看了看。

摩尔尽管一脸狐疑,看见我一脸平静,也就没说什么。

Part 8　波尔多

在路上

　　我整天看他祖父的纪念画册。在摩尔出生的第二年,莫里亚克就已辞世,等于他从来没有看见过我尊敬的作家先生,和我一样,这真让我为他遗憾。

　　我带我的小说集给摩尔看,翻到一篇《等到30岁的来临》,指着其中一章,指着"莫里亚克"这几个字告诉他这是我几年前写的小说,这一节谈的是他祖父的小说。

　　他从我这里感染了对《爱的荒漠》一书的喜欢。我们坐火车从巴黎到波尔多，那里有清新的一切，海鲜和美味的餐馆是我最喜欢的，况且这样的餐厅又是在别墅和庄园里面，都有着天然的大花园。我们从波尔多再开车到莫里亚克生前居住过的别墅，它在一个叫朗贡的小镇。他的家族在那里有成片的葡萄园，莫里亚克是资产阶级中的一员，同时他又是它的叛逆者。现在，当地保留着莫里亚克的故居，建立了纪念馆，他的纪念书店，是法国文化活动周的参观项目之一。摩尔在书店里买了一本《爱的荒漠》，他以前没看过还是没有注意？我没有问，只是觉得法文版的那本书明显薄很多，里面画着插图，一个线描的女人寂寞地坐着，我看不懂法文，但是那幅画的感觉是我熟悉的。

老人生前喜欢坐的一张漆着白漆的镂花长椅，还在不变的位置静静地面对着远处静穆的葡萄园。

在同样的位置上，我坐着或者站着拍了照，给摩尔拍了照。

那些小镇一两百年来都没有任何变化，当地人以制作葡萄酒为生。

莫里亚克曾经从那一片土地逃出去，他写了很多小说，揭露封建礼教下人的虚伪和生活的死水一片，但他老了，又能不时回到故居，安心欣赏这一片土地的安宁。

和摩尔、作家一行三人坐火车到波尔多后，租了一部车，摩尔开车带我们参观波尔多古城地区，所有的古城都有古堡和教堂，有两百多年前的广场，老雕塑和古建筑，在这里一切都保存得很好。

游人比巴黎少了。

法国人真是喜欢大惊小怪，看见车窗外的河，教堂和古堡，摩尔就会大叫我的名字，好像中国没有桥和河似的，我心想我可是在江南水乡出生的，什么没看过呀。至于教堂和古堡，一路上我看得已经快吐了，我真看不出什么新花头，看来看去总觉得哪的教堂和古堡都差不多，真不知道他们俩看了几十年怎么还没看厌，经常对着地图，看到到了哪个著名古堡附近，就要把我拖下车进去参观一番，古堡或者庄园都很大，脚可累疯了。

还好，我们在广场的露天遮阳伞下终于坐下来，在阳光和伞的阴影之下享受鹅肝和沙拉。两个男人喜欢在阳光下直接坐着，面对酒或咖啡闲聊，他们在这些事情上耗去很多时间。

我看见对面的餐桌边坐着一个外表酷似帅哥的女人，我一直以为她是男的，但说话才暴露了她的女人身份——太男性了，男的都没有那么帅。抽烟的动作，身上的白衬衣，黑条纹的西裤，短发利落地垂到耳际，很酷地在阳光下独坐，抽烟和思索，偶尔和走过来的人搭几句话。也许看见我们这桌人在注意她，就走开了。

晚上在一家花园餐厅吃饭，很好的海鲜塞在小西红柿内，肉和土豆烤得恰到好处，甜品极佳。

星期天星期一的时候在这个古城行走，很多地方都关着门。有时我会觉得是走到了吉里柯的画中，城市空空荡荡，只有回廊在阳光下寂寥地投影。欧洲的人看上去不是那么的在乎挣钱，他们在乎的是自己的休息。

摩尔和作家不时对着地图在研究旅行路线，他们总是不辞辛苦地在不同的餐馆门前停下来，研究人家餐馆门前贴着的菜单，然后决定接下来的一顿在哪家餐馆吃。

我真是佩服法国男人身上体现出的细致的生活态度，他们真是有点女人化的。

我现在什么心也不操，反正看什么我也看不懂，于是索性像个傻瓜似的，不急不躁，在他们选定的花园里，对着美景，享受每一道点心和大菜。

住在莫里亚克故居

参观路边的葡萄酒厂，整个房间都堆着橡木桶，整墙的白葡萄酒泛着金色的光芒。

饶舌的酒厂老板是个中年的大胖子男人，他一边滔滔不绝唠叨个没完，一边一人给我们倒了一杯上好的白葡萄酒。一喝之下顿时心旷神怡，和我在国内喝到的到底是不一样，甜，带着新鲜的橡木的味道，喝了还想再喝，酒劲却能明显感觉得到：强烈，甜美，纯净中带着妖气，像有种女人看上去很简单很纯净，但内心是个谜，让人猜不明白，会让接近她的人着魔。

我们上这个饶舌的葡萄酒私营主那里买了几回酒，每次他都唠唠叨叨并且用好酒把我们尝晕了。我被好酒搞得很"飞"，脑袋里都是原子和分子飞来飞去高科技的画面，跌跌撞撞地冲进旁边的卫生间。卫生间也是木头做的，连着他们的小庄园，我看见镜子里的脸粉红的，有一种特别的神采。

好的葡萄酒真是好东西，金色的酒液，流动的黄金，要是我生活在这里，会天天喝上几杯，喝晕了也就不想写作的事情，名利和前途什么的都不再是我关心的了。至于爱情，在葡萄酒的产地只能和一个大腹便便的酒的私营业主谈谈了，喝多了，我们互相牛唇不对马嘴地吹吧。

我买了两个小瓶装的最好的葡萄酒，一个金的商标，一个银的商标，在当地买都是价格最贵的两种，要让它们跟着我跨过山越过海回到中国，一定要和自己喜欢的人一起品尝才值得呢。

1996～1999年的葡萄酒要贵于2001年出产的，葡萄酒出产的年份很重要，产地当然更重要。女人也是这样，每个年代的美女不一样，哪儿生出来的品相和内质也完全不一样。

我们开车到了莫里亚克故居。

别墅被粉刷得很新，工人把这里打扫得很干净。

屋内的床很高，床单布的质地很粗，床单很白，我幼时曾睡过这样的床。

我打开窗子，窗外青枝绿叶，窸窣作响，一股强烈的泥土和芳草气息涌进房间。

摩尔在窗边抱住我的肩，一起眺望景色。他感染了我的欣喜，说舒适和美酒，是唯一让你开心的东西。

我们互相报以会心的微笑。在这一刻，我喜欢陌生的房间，黑白瓷砖铺设的浴室，宽大的窗子和年轻健壮的男人。那种心情和往日突然会产生的绝望情绪很不一样，绝望情绪可能对我来说更为熟悉，有时候我讨厌镜子里自己的模样，也会引起一种绝望情绪，一个星期不想见人。

我不知道房间里的家具是否是莫里亚克以前用过的，哦，不会，我们住的是用来招待客人的房间，一边相邻的陈列间才是他生前住过的，那里的家具才是他以前用过的，那里都保持原样，我拍了很多照片。

莫里亚克年轻时很好看，他的忧郁瘦削俊朗的美他的后人没有继承到。摩尔不像他的祖父，他常常陷入沉思，但并不消瘦动人，不然也许我会更爱他。

老楼的下面是大大的花园，花园里有干涸的水井，花园的旁边有很大的蔬菜园，菠菜，萝卜，卷心菜，认识不认识的一大堆，在这里工作的员工下班前采摘一点新鲜的番茄和水果带回家。

住这里的第一个晚上，我和摩尔以及他的作家朋友没有出去吃饭，也是采了很多果子和蔬菜做了好吃的沙拉搭配早晨在镇上买的羊排。当然，白天买的1997年的白葡萄酒很快让我们有了醉意。

一走路木头楼梯就吱吱作响的老楼上，有铺着干净床单的木床，沙发和桌子也是老式的，在夜晚好像整个空间都充满秘密。

故居和伟人

在楼上窗口可以眺望面前的葡萄园，花园过去不远，有围栏围着的地方，就是葡萄园的天下。一切都太安静了，天是蓝的，渐渐暗下去。我们坐在围栏上聊天，喝着上好的葡萄酒，围栏旁边有一张白铁铸的雕花长椅，据说那是莫里亚克先生生前看书的椅子。我在他的纪念册最后一页上就是看到他在这张椅子上留下来的一张照片，而画册的最前面一页则是先生逆光走在葡萄园中的照片，他和这一片土地真是有着千丝万缕的联系。

走进他生前用过的房间，这个人，活在1885～1970年，在1912年～1935年之间，结婚生子。他一共有四个孩子，两儿两女，在故居的照片陈列中，我能看到摩尔的父亲和他的哥哥姐姐们曾经如何花枝招展，英气逼人。现在，他们都老了，相继离世，好像只剩下最小的儿子也就是摩尔的父亲还在，和一个比他小二十几岁的太太生活在一起。

我一直猜想摩尔的父亲就是《爱的荒漠》中的男主人公，那个多情的爱上一个成熟妇人的儿子雷蒙原型，这样受了打击他才很晚结婚，娶了一个比自己小很多的太太，生了怪怪的摩尔和另外一个女孩。

当我和我崇拜的法国作家的孙子，并肩站在往日莫里亚克爱站着眺望远处的堤边，像他留影在照片上那样神态相似地想着什么的时候，我感到生命是一种神奇。

看莫里亚克人生各个时期的图片展示，展示厅里循环播放他生前的录像和纪录片，在波尔多和巴黎。照片上人生的旺盛期好像很短，一个展厅几面大玻璃橱窗可以让你看着一个人从出生到老去，这个过程很无情：他小时候，他和各种人的合影，各个阶段的代表照片，散步或是在街头，看戏或是和演员合影，当时穿的衣服，用的手杖，没写完的信。

法国人的资料真齐全，莫里亚克的祖先的照片都能全有，好像贵族的样子，那种神态，古典的服饰，过目难忘。

他除了参过军，好像就是不停地写作，创作的高峰期很集中，不会像中国我上上一代作家那样受很多社会问题的干扰。一百年前他们就享有优越富足的生活条件，一生下来就很资产阶级，他们的生活条件现在的中国作家也未必能有，在他用来度假的乡村别墅那时就一切应有尽有。

他们是有故居可以用来参观的，我们还能遗留什么？

这一代的作家是漂流型的，没有什么是永久和可以带来安定感的。旧时代的作家才能遗留下完整的生前资料，包括旧宅，旧信，旧作，旧手杖，旧鞋子和帽子，旧风衣，卡片，便条……各时期的照片，从祖先到自己走完人生的最后一步都有反映，而且也经得起任何来参观的人看，他们没有走什么弯路。我们现在的人已失去了任人凭吊的资本，急功近利，没有深厚的积累和渊源，没有面对生活的精致态度，缺少从容的品质，高雅的爱好。

我喜欢躺在莫里亚克生前阅读时喜欢坐着的白漆长椅上，对着一望无际的葡萄园，仰望衬着云与树的蓝天，旧物旧景依然，只是人已不再，只有一百年前的历史在供人凭吊，还有迹可寻。

我喜欢看一个伟大的人生前所住的地方，任何天才出生、死亡、居住、工作、吃饭、性交过的地方，在后人看来，都如同圣殿。事实上，伟人的故居应该比神坛和寺庙更为神圣，因为他们是活生生的曾经和你一样生活在世间的人。

一个人的伟大作品打动过你，但他曾经使用过的日常用品更会让人感兴趣：生锈的盐罐，潦草的账本，书桌上的印记……仿佛更让你相信眼前的一切果然是现实。

伟人也跟常人一样有世俗的一面。

你有一天也有可能成为伟人。

海边的"四人帮"

又有一位摩尔的出版社工作的朋友加入进来，他是一个意大利人，现在在巴黎，自己开车来追上我们。

好了，我们现在正好是"四人帮"，我一个女的，他们三个整天唧唧呱呱说着我听不懂的话，话多得难以停止。白天出去玩了一天，我一到住地就想睡觉，可他们三个还在花园里一边喝酒一边聊天，开始还想拉我下水，说花园里的夜色多么多么美，可我顽强地不理他们。

法国人怎么那么饶舌呢，白天我们出去，不管是卖葡萄酒的，渔夫，饭店服务生都能和他们随时聊上半天，我拉拉摩尔示意快走，他们一边依依不舍地走，一边还要再说上半个小时。意大利人还做着鬼脸嘲笑那些人话多得要死，说他们口水四溅，像个说话机器，他忘了自己话说个没完的样子了，可能他自己都不知道自己话多。

现在我把作家称为起司先生，把意大利男子称为电话先生。

意大利电话先生总是在讲电话，反正接电话是免费的，他一定有很多朋友，他总是对着手机说个没完，风趣幽默，开朗，脸上的表情瞬息万变，像一个天生的戏剧演员。真是浪费，对方又看不见。我觉得他很有表演的天赋，活力四射，好像除了有多话症还有多动症，如地中海的阳光一般精力旺盛，照顾到每一个人的心情。

电话先生一来，我们开了半天车赶到一个农庄吃晚饭，鱿鱼沙拉不错，餐后甜点美得像画，酒也美，四人喝了两瓶。我们还是没有占到最有利的地形，最佳的位置是农庄的第一排餐桌，面前可以看不到任何人，只有美景，台上的烛光闪烁，一对恋人正在我们前面的最佳位置上，我只看得到他们的背影，也能感觉到他们的幸福。

幸福到底是什么？哪一种生活能让你感到真正的幸福？

在哪里能找到属于你的幸福？

摩尔这个法国男人，他照顾着一个异国他乡来的女人，他了解我吗？

和一个不那么了解的女人在一起，尽管她心里有许多秘密，是不是也要比很了解要幸福？

很了解地在一起，两个人会累。当初是以爱为推动让我们变得有兴趣去了解彼此，可了解到最后，什么谜也没有了，幸福变得如生命中不可承受之轻。

人和人之间，了解得越多只会发现误解越多。很多人找一段跨国婚姻，要的不是了解，而是逃避了解。现在我明白了，为什么有时候人需要和一个和自己完全不是同一类型不太可能互相了解的人在一起，因为这样你自己的秘密才不可能被一下看穿，和一个不了解你自己的人在一起，反而会产生安全感。

有人把话说得更过分一点就是：爱情绝对只能在两个从来不曾见过面的人之间发生。两个灵魂只有在永远的别离之中，才能永远和谐。孤寂是永恒感情的必要条件。

过去，我寻找知己，现在，我突然地开始又对保有私密的生活产生兴趣，也许是真实的生活离我如此之远造成的，旁观者清，我不再那么纠缠于爱和不爱了。

在波尔多繁星密布的夜空下，摩尔当着电话先生的面问我爸爸和妈妈做什么，我说他们是老师和技术员。还有弟弟妹妹吗？他又关心我弟弟的情况。电话先生在旁边听着，好像在做一种见证。

那么好的夜色，他问着那么多余的问题。

外国男人其实还是单纯，自我感觉也良好，大概以为只要自己愿意别人那里就不会有问题吧。还好，他没有在波尔多满天斗大的星星下面向我求婚，那样我会不知说什么才好的。

牡蛎小姐

我看着天上的星星，有些星星很大很亮看上去靠得很近，可其实它们相距非常远，远得相互不可能在一起。

他永远也不可能真正了解我。

当然我也不需要他很了解我，我喜欢在他面前有时可以说说谎，编故事其实我很拿手，可面对我喜欢的中国男人，我常常傻得忘了编故事。在摩尔关心那一切私人问题的时候，其实我是反感的；当我吃什么东西，尽管是他做给我吃或买给我吃的，他要咬一口喜欢和我分享一切的时候，他以为那是亲热的表示，其实我却是反感的；当他在大街上，很自然地想亲我的时候，我会突然紧张，非常反感这种法式浪漫。

突然地反感，自己都忘了掩饰，爱是不需要掩饰的吧。

相处会产生爱。

我们还在相处阶段，还有时间相处。

一见钟情容易，有没有时间和机会相处比较难，那是缘分，不可强求。

9月4日上午十点开车，一行四人开两部车去海边，两个小时的路程，海边所有的观光旅馆都客满，使得我们想住在海边的计划泡汤。所有的法国人(只要没有上学孩子的)都再度九月份最后的假期，他们总像在悠闲地度假，工作只是点缀，人生就是一个悠长的假期。

又在海边头上有葡萄架，旁边是支着养牡蛎的杆子的海边吃午饭，之前我们已先在另一个餐馆利用两打牡蛎和一瓶白葡萄酒过了一下瘾。这家餐馆门前的海已经完全干了，以前广阔无垠的海面，现在变成了灰色冷漠的滩涂，所有的船只都凝滞不动了。在饭店的屋檐下，聚着一对对悠闲自得的人和飞着令人厌倦的海鸥。

波尔多这边的海边，那一根根竖起的杆子上生长着的牡蛎，是没有污染的，养牡蛎的区域禁止游泳。除了鱼和贝类，我又在海边吃了很多更新鲜的牡蛎。因为它们的营养价值高，我的嘴角很快长起了两个包，他们叫我"牡蛎小姐"。

我觉得，Missoyster 叫起来实在非常动听。

正吃着饭，我们旁边两桌人带的狗在桌子底下闹起来，电话先生说法式交流方式就是餐桌底下主人用餐时狗和邻桌的狗汪汪叫着发生了争执或是发生了爱情，然后两桌主人相互打招呼，说几句和狗有关的话。

我先喝了一碗海鲜浓汤，茄色，非常美味，又学起司先生在汤里加进切成丝的起司。这里的鱼和蟹真好吃，他们还要了多椿鱼，那种肚子饱饱的小鱼好像哪儿都有。

我正面坐着一对胖夫妇，女人带着黑框眼镜极其威严地大吃大喝；中年夫妇到一定阶段生活中可能已没有什么好操心，除了大吃大喝，这样的结果就是胖下去。另一边则是三个老女人，不停地消化侍者端上来的一盘盘贝类，虾和蟹，还有肉。那三个女人大约都有六七十岁，其中一个老得脸上的皱纹打了几层褶，我真是第一次在一个餐馆看见这样老的女人，白色的脸上没有血色，笑起来像恐怖片中的鬼，但她自己毫不觉得，胃口好得要命。

三个女人不时说着什么大笑不已，还叫人给她们拍照，帮忙的人拍完后脸上露出发懵的表情。她们令我想到以前说要和女友老时在海边养老的梦想，想到我和女友那时就像她们这样老得一点情欲都没有又老又丑地大吃大喝的处境时，我的心蓦然一惊。

那时，爱情、性、男人，这一切麻烦都远离了我们，可是没有了那些麻烦，活着又有什么意思呢？

那时和她们一样，唯有吃才成了我们的寄托，花钱，有足够的钱花变成第一位的，自己寻开心，趁老得还走得动路，牙齿还没有掉得吃不下东西，不再梦想其他的可能。

在海边

年老真是一种悲哀，可人人都会这样变老。

生活将早晚变成一场回顾，只是等待着坟墓的降临。

珍惜现在的一切吧，自由，放任，漂流，狂想……

整个下午，我们放弃了找寻旅馆过夜的打算，直奔海滩。

那么空旷，浪一阵阵涌来，眼前是细细的沙，人变成了黑点，我怕冷没有下水，作家先生因为有事已离开我们，刚才我们先送他到轮渡码头，他将去火车站回巴黎。

作家先生走了也好，他还是比较严肃的一个人，有时候会突然和我争辩，比如说起二次世界大战，说起现在的年轻人已经记不得的事情，我说过去那么多年了，他很生气地说也没多少年呀。的确没有多少年，可是年轻人都觉得那些事情和自己没多大关系，这个现实即使我很着急又能有什么办法挽回呢。

电话先生和摩尔喜欢冲浪，他们穿着泳裤在水里追逐，浪把他们一会往上捧，一会又摔下来，我从跳板上潜入水里，然后又登上最高的一块跳水板。我看见了他们，看见了沙滩上的人们和正在等待着我的殷勤的大海。我投进大海，大海将把我吞没；我将从很高的地方往下跳，垂落时我将是一个人，孤孤单单的一个人。

摩尔在望着我，于是我跳了下去，大海迎面扑来，我重重地跌落在水中，随后我挣扎着走上岸来，瘫坐在摩尔的身边，溅了他一身的水。我把头枕在他干燥的脊背上，吻了一下他的肩膀。

他们像两个孩子，铺了浴巾一边一个躺在我的身边，当然彼此之间留有距离。我们三个都闭上眼睛开始做梦，摩尔还是越过距离，把手臂伸到我的脑袋下面给我当枕头，我一会儿就睡着了。

在海天之间，海鸥的叫声听起来很怪。那些巨大的石头灰白地站立，身上被涂鸦上了大大的字和色块。远处的黑狗不时晃动身体与人玩闹，我爱这个宁静的自然。

醒来时天空充满了云彩，浴场上的人已经寥寥无几，我只觉得口干舌燥，浑身无力。

摩尔已经穿好了衣服，在我身边的沙地坐着。他眺望着大海，在想着什么心事。我看了他一会儿，装作还没有醒来，这是我第一次怀着一种好奇心在看他，我发现他长得真是很好看，清秀中带着忧郁，身材也不错："他可能在想什么呢？"

一个人，坐在空荡荡的海边沙滩上，面前是茫茫的大海，身边睡着一个远方来的女人，还有一个终于闭上嘴巴不说话的朋友——他能想些什么呢？

我觉得他的处境有点太空虚太孤独了，于是伸出手去，碰了碰他的肩膀。

他开始吻我的手指，非常轻柔。

他递给我矿泉水，仿佛知道我已经非常口渴。

我仰面躺着，双手交叉在胸前，像个死人或者像个伟人。

我又闭上了眼睛，只有电话先生在一边翻书页的声音和远处传来的海浪声交错在一起。

我想：我现在在这个男人身边，伸手便可摸到他。现在我熟悉了他的身影，他的声音，知道他睡觉时的样子和早晨起来的习惯。总的说来，和他相处我感到愉快。我们很快就要起来去吃饭，然后再一起睡觉。这样的日子我好像已经过了很久，但是，我们终将分手。像眼前的这样的机会，今后大概永远不会再有了。但是现在的时刻还是属于他和我的。我不知道这是爱情还是偶然带来的必然，不过这并不重要，我也不想和他探讨这个问题。眼下我们在一起，我们各自躺在一边感到很孤单。关于我们俩，他不知道我常常在想什么，他现在想些什么我也不知道，但是我们俩却在一块儿，而且靠得很近，我体会到他传递给我的那份温暖，也许以后，我们不在一起了，那时候我还会记得吗？

电话先生开始说他在看的那本书，美国女人 Camille Paglia 的 *SEX, ART, AND AMERICAN CULTURE*，这个美国女人讨厌法国男人和法国文化，她极力推崇麦当娜，她也抨击中国城门深锁重重不可逾越的禁忌。

我现在倒是很能理解中国式的东方特权和禁忌，什么都喜欢藏得深一点，不公开，或是只对少数人公开，像是中国女人身上的衣服一层层地慢慢地剥下去嫩的露出来，比起一下就脱个痛快的西方女人，东方的文化，那种隐讳的确很有诱惑性和美感。

告别海边时，还是以吃牡蛎结尾。

在一家渔民临海卖牡蛎的露天桌椅间，脸被海风吹得红中发紫的，鼻子和眼神如鸟一般的老人，赤着身体在海水里戏水的孩子，还有网里刚网到的大鱼，只能和他们留影，把这一切留下来，留下这些天真的欣喜，陌生的愉悦。

穿越情绪隧道

夜色中开车回莫里亚克故居。路上，他们带我到一个保留古老的用壁炉的火现烤肉给用餐客人的餐馆吃饭，古老真是有一种特别的情调，木柴和火堆，牛肉的做法既简单又带有手工和木柴的香味。客人吃高兴了在餐桌边上围着火炉跳舞，气氛很温暖，环绕着一种不知今夕是何年的氤氲。

可怜的美食家起司先生错过了这一顿重要的美餐，我们一致觉得这顿饭是印象最深刻的。

两个男人、一个女人的日子还在继续。

作家走了，电话先生填补了他的空缺，占用了我们隔壁的房间。

我总是精力不济，每天晚上早早洗澡上床睡觉，两个男人喝着葡萄酒坐在底楼的花园里海阔天空地闲聊，有时候也许花园里有蚊子，他们在客厅看着电视聊，电话先生不时发出朗声大笑。

他们真是精力旺盛，我真佩服摩尔，每天早晨，他要第一个起床，开车去镇上买刚出炉的面包，还有矿泉水、牛奶、水果等等，煮好咖啡，作家或者电话先生起床，他们吃完早餐，我才起床，因为尽管晚上很早爬上床，但我只是让自己的腿休息休息，并没有睡着，脑细胞活跃地东想西想，到波尔多后就没能上网，我害怕我的Hotmail信箱会爆掉，他们网站收到的垃圾邮件实在是太多了，反而常常把你的重要邮件错划到垃圾邮件里。

这样脑子一琢磨事情，还是睡得很晚，早晨根本起不来。

想想很好玩的，女人在床上闭目养神，一个男人把另一个男人陪完了说话，在黑暗中悄悄摸上她的床，她假装睡着，为了不和他再费神说话。

在这个木头房子里，如果床上有什么动静，楼梯也会带着震颤，仿佛那是莫里亚克小说中，风吹过葡萄园，叶子发出的颤动。

第二天天刚蒙蒙亮，男人像勤劳的小蜜蜂一样，又上隆贡街头买面包回来给我们吃，咖啡也已煮好，等我下楼，两个男人照例已吃饱喝足向款款下楼的我问候早安，然后我去吃那一份准备好的早点。

摩尔真能干，一个过早独立的男人会很坚强，也会因为事无巨细都要自己面对而变得略微娘娘腔，摩尔也是如此。他会面对美食常常发出孩子般的惊叹，常常发出"Can I try？"的请求语气。有时候他想咬一口我手里的食物的要求会让我烦，我忘了自己有时候也很天真，却对一个男人偶尔流露的天真厌烦起来。

在海边，他要求我寄这次拍的照片给他看，我顺口说等你下次来中国的时候吧，也许是十年以后，反正照片是不会变的。

电话先生说我这是中国式的幽默，摩尔却失望地觉得我要和他在十年以后再见面，那我就是不会再为他来巴黎了。的确，无意中说出的话看上去像赌气或者泼冷水，但说不定就流露了无意中我们之间不可抗拒的命运，在这交会的一瞬间过后，我意识到即使再见面那也是很久很久以后的事了。

据说人生下来，就有一张各自的使命图，一个人会遇到些什么人，遇到一些什么事都是已经注定的，所以，我忧伤地看着眼前的西方男子，他有好的教养有好的背景，他对我很好，他对中国文化感兴趣，他脑子里有一点小小的疯狂，他很艺术化地生活着，可是他还是和我属于两个世界的。

永远也不可能真正走到一起。

一个小小的世界，锁不住一个有野心的女人的心，没有征服就谈不上拥有。

而一个能征服我的男人,他不用多说一句话,不说话自有威严感。他会像英雄,又如同帝王,使我为他做一切都心甘情愿。

我理解了莫里亚克

现在我能理解了,为什么莫里亚克能把一个女人等爱的心理写得那么极致、细密和疯狂。

因为这个地方的宁静能把人逼疯,除了葡萄园还是花园,旷大,无边,像一个美丽的坟墓要把你活活埋葬。

除了寂静还是寂静,不了解偏僻的荒原的人不知道什么是真正的寂静。

寂静包围了整所房子,它仿佛在这大片的密林中化成了固体,树林里偶尔有只猫头鹰在叫,此外没有任何动静(在夜里,我们仿佛听见有人抑制住的抽泣声)。

寂静有时使人无法入睡,不如刮风的夜里,树梢如泣如诉,发出含糊的叹息,包含一种人性的温柔。

在秋分时节动荡不安的夜里,有时反而容易入睡,尽管会觉得漫长的夜晚没有尽头。

"心灵在这里冻住了,有时候冰裂开了一道缝,露出黑水,有人挣扎，消失了，又结了一层冰……这儿和别处一样，每个人有自己独特的命运，然而都得服从这个阴郁的共同命运，有些人反抗，就产生了悲剧，对于这些悲剧，家族里是绝口不提的，正如这儿的人常说：不要声张……"

这个地方的人，家族中的人，一旦发现什么事情，一种暗中的默契会使众人同心致力于扑灭火灾。出于家族性，他们对于凡是危害他们性格的平衡的东西，无不深恶痛绝。这些终生同乘一条苦役船的船员们，出于自己的本能，留心避免船上发生任何火灾。

因此在一个家庭可能有什么事情的时候，饭厅里会一片寂静。细雨敲打着台阶的滴答声突然停止了，雨点散发出来的气味沐浴着整个默默无声的家庭。

有人听见雨声会说一句："凉快多了！"

接着遥远的房间的另一个角落会有另一个人回答说这阵雨不管用，连尘土也压不住。

然后都不说话。

有时候他们也说话，说如果安娜错过和德基莱姆的婚事那可太可惜了。

说德基莱姆家和她们不是一个阶层，德基莱姆的爷爷是牧人，不过他们拥有当地最好的松林。而归根到底安娜也不是那么有钱的，她从父亲那里只能得到一些葡萄园，它们坐落在朗贡附近两年倒有一年涝的沼泽地上，怎么说安娜也不能错过德基莱姆的婚事。如果安娜怀孕了，德基莱姆会满怀敬意地看着她的肚子，因为她肚子里的是无数棵松树的唯一主人。

他们彼此并不关心，整个家庭上空飘着一股漠然的空气。

在这样的空气里，一个正当盛年的女人，她能渴望什么呢？如果她自己的孩子死去了，而一个少年的眼光又使她感到灼热时，她能怎样呢？

即使在思想上，她也只是怀着热烈的廉耻心接近他，可现在他不在身边，而且她怀疑是否有一天能见到他，那又何必为自己心中的朦胧的潮水和隐秘的漩涡而疑虑重重呢？

如果说这个果子不能用来满足她的干渴，那又何必禁止自己去想象一下他那陌生的滋味呢？这又有碍于谁呢？从刻着她的儿子名字的墓石那里，能期待什么责难呢？有谁到这个既没有丈夫，又没有孩子，也没有佣人的房子里来看她呢？上哪里去呢？

在沉睡的花园之外是郊区，然后是石头城市，在那里，暴雨来临时，有九天人们透不过气来。在青灰色的天空中，一头野兽晕晕欲睡，它在游荡，低声嗥叫，蜷缩起来。

女人在这样的花园里徘徊，或者在空空的房间里徘徊，她只能让步了，她的痛苦还能有别的出路吗？她逐渐屈从于一种无望的爱情的诱惑，这种爱情只剩下一点可怜的幸福：感觉到自己。她不再试图做任何事情来防止火灾,她不再为这种闲散,这种孤单而痛苦;她的烈火占据了她,一个隐秘的魔鬼在轻声对她说:"你在死去,但是你不再感到厌烦了。"

夜游的女人

在风暴中,最奇异的不是嘈杂声,而是它强加给世界的寂静和麻木。女人贴着玻璃窗看见仿佛是画上的,一动不动的树木。树木的疲倦具有人性,它们也似乎感到麻痹,惊愕和困倦。

在处在这样情形的女人的状态中,情欲本身就好比是一个人在身旁:它刺激她的伤口,维持她的热情,她的爱情成为一种窒息,一种挛缩,而她完全可以确定它在喉部和胸部的位置。

"我看着他帽子上那块和额头相接触的皮子——我在那里寻找他头发的气味——"还有那种对他的面孔,脖子,手的好感——在绝望中得到难以想象的休憩。有时她突然想到他还活着,还来得及补救,他也许会来,可是希望似乎使她惊恐不安,她急忙回到万念俱灰的女人的那种彻底放弃和宁静中去。

她怀着一种可怕的乐趣去扩大那个横在她和她坚信其纯洁的那个人之间的深渊;那个高不可攀的孩子在闪烁发光,像猎户座一样远离她的爱情，而她，一个已经衰老的，堕落的女人，他还满身稚气，他的纯洁就是横在他们中间的一片天空，就连她的欲望也不愿意在那里劈开一条路来。

所有那些天里，西风和南风拖来了大团大团的乌云，好比隆隆作响的军队，它们正要猛扑过来，却突然犹豫起来，围着被惊呆的树梢转了转，接着便消失了，身后留下别处下过雨的清凉气息。

在那头被风吹乱的头发后面，是密密的葡萄藤，再过去就是隆隆作响的充满硫磺味的天空，仿佛有辆看不见的载重机在那里卸货。蕨类植物愈长愈密，用它们带绒毛的绿色波涛冲击着橡树下部的枝条，但松树却摇晃原来的灰色顶梢，仿佛对春天无动于衷。

这个女人只是盼望着和一个爱的男人一起钻进松林，喜欢这个地方还是那个地方，松树还是梧桐树，大西洋还是平原都没有关系，使她感兴趣的只是活着的东西，那个有血有肉的人。

不是石头的城市，不是讲座，不是博物馆，不是风景，而是在那里骚动的、被比任何风暴都更强烈的激情打上烙印的活人的树林。树林在夜间呻吟，之所以有时候听上去很感人，正是因为仿佛是人在呻吟。

这个女人喝了一点酒，抽了很多烟。她独自笑着，像个有福气的人。她细心地抹上胭脂口红，然后上了街，漫无目的地走着。

我几乎就是这个女人。

如果生活在这个地方，我早晚或者天生就是这样一个女人：会犯罪也会疯狂，会想把一个烟头扔进松林，让松林里冒起白烟，最后又疯狂地想把火扑灭，因为想起我的敌人不是松林的女人。

　　那些个夜里，我偶尔半夜在葡萄园和松林里独走。

　　一个人在半夜里，拖着白色的睡袍从木楼梯上蹑手蹑脚地下去，两个男人轻轻的鼾声此起彼伏。

　　我一个人在堤上久久伫立，迎风抽一根烟，在葡萄和葡萄之间的小径上独自走上一走。

　　没有人，一个人也没有。

　　可我知道莫里亚克看见了我。

　　他在松林间看着我，他懂我的心思，即使最微弱的。

　　他早就知道我要来了。

　　他们不知道，我每天第一个睡下，中午才起来，眼圈却始终是青青的真实原因。

Part 9　重返巴黎

城市里的孩子：萨冈和我

我们终于离开朗贡了。

我的内心有种欢喜雀跃之感。

尽管我喜欢那栋房子，可是在那里我感到一种无所事事的寂寞。

当然有时候寂寞也是让人愉快，不过，比起巴黎，异国乡村的寂寞中有种让我无法忍受的难堪。对一切必须表现得非常殷勤细心，身边的人刻意陪着你，你必须让他感到你在快乐，到铺着雪白床单的各个房间转转，看听不懂的法语电视台节目，在草地上走走，日子一天天过去，想着自己不可能做别的什么事情，这有多么的轻松和多么的单调呀。

一动不动地躺在躺椅上，任阳光把自己晒得皮肤黝黑，毫无目的地等待着。

终于我们离开这了。

我想我还是天生属于城市的。

我适应了城市夜晚的灯光，草和土地的气息我尽管喜欢，那却只是意味着度假。

我更在意城市的味道，超市和街道的味道，路上行人的味道，咖啡和热巧克力的味道，纸币在裤袋里摩擦的味道，卖衣服和皮具的小店的味道，一种及时行乐及时消费的味道，人和人之间相互提防相互需要的味道。

摩尔陪着我，像一路上别人看见的那样，始终相陪。

他让我相信，他是爱我的，尽管他并不那么懂我。

如果他懂我就会放弃我，他就会知道在我的脑子里时刻有很多可怕的念头，像一群小鱼似地灵活地游来游去——有那么多念头的女人是不可靠的。

还好他不懂我。

罗歇·瓦扬说：爱情是两个彼此相爱者之间的事。

一对不太懂对方的人之间也会错以为发生了爱情。

现在，我和摩尔之间的感觉有点像法国那个我喜欢的女作家萨冈在小说《迷惘的微笑》里说到的她和男友贝特朗的感觉。贝特朗对她很好，两个人在一起像亲人，她做什么他都容忍她，她却对他的一个旅行家亲戚吕克动了心。也就是说，贝特朗和摩尔一样都是和一个心不在焉的女人在一起，这个女人控制不住自己，她的心另有所爱——萨冈爱上了男友的舅舅吕克，我则爱着一个中国男子。

萨冈在男友贝特朗的身边，经常会觉得真正的自己离这里很远，在城郊房屋，树木，田野的远处，远离孩提时代，在某条林荫道的尽端，静静地伫立着。她经常会突然尖锐地感觉到，日子过得非常无聊，除了要保持自己昔日习惯的这点含混不清的本能愿望外，实在是什么也没有。然而不这样又能怎样呢？她不相信坐在公共汽车里的人们的欢笑，不相信城市大街上过分喧闹的生活，而且她也不爱贝特朗，她需要一个人或是一件什么东西。这样想着的时候，她陷入自怜，内心感到忧伤和绝望。她喜欢爱情和与爱情有关的言语，柔情，生硬，甜蜜，信赖，过分，而她谁也不爱。

所以，即使觉得男友很好，萨冈还是受不住诱惑，去和一个有妇之夫幽会，去和男友的旅行家舅舅幽会——这种迷惘，在我身上经常发生，当我想到我想闻着我的神秘情人身体的气息，在他能给与我的平静和爱意里长久睡去的时候，一种担忧袭上了我的心头：我现在在摩尔的身边时刻思念着他，是因为他还没有和我真正朝夕相处吗？要是他生活在我的身边，而我偶尔抗不住别的男人花言巧语的诱惑，要去外面和人喝个酒谈个心，那他会忍受得了吗？

我到底是那种能让男人感到放在家里安心的女人吗？

如果不是，他得到了我，却并不会比以前幸福，相反，他会感到怀疑，忍受着屈辱，并且，一有点蛛丝马迹，不管真实的事情是怎样的，有时候我只是需要和人交流，只是谈话而已，他还是会对我产生报复和仇恨，这样的重负我能承受得了吗？

一想到我现在狂爱着的人有一天会因为我无意间的表现受到打击和伤害，我对他再多的爱和好都无法弥补这一点。一想到他可能会引起的心灵的痛苦，我在无意之间带给爱人心灵的痛苦，我提前开始，不，现在就开始感同身受，痛不欲生。

如果我的爱不能让他得到完全的放心和幸福，我怎么样才能允许自己走近他呢？

与其得到了再痛苦好呢，还是永远隔着距离不曾真正得到好呢？

前一种痛苦是折磨，后一种痛苦还有希望。

不能毁坏掉在爱人心中的盼望，不能两个人待在一起内心却误会重重。

只有爱和在一起才能让彼此受伤，再坚强的心在爱中都是脆弱的。

萨冈在《迷惘的微笑》中写道：

我们在圣雅克大街的一家咖啡馆里度过了一个下午。这是个很普通的春天的下午，与以往的春天没有什么不同。我感到有些无聊。但并不厉害。贝特朗正在跟人讨论斯比尔讲的课，我在电唱机和窗口之间来回踱着。记得当时我双手撑着唱机盒，聚精会神地看着唱机如何慢慢地被抬起，然后被放置在蓝青色的软得如同面颊般的丝绒布面上。这时，不知为什么，我突然产生了一种强烈的幸福感；我浑身上下强烈地预感到有朝一日我会离开人世，我的手将不再会扶着这电镀的唱机盒框，而且太阳也不再来照射我的眼睛。

我向贝特朗转过身去，他正在望着我，而且一见我露出笑容便站了起来。他很难想象，没有他我还会有幸福。只有在我们共同生活的重要时刻我才有权得到幸福，我已经开始隐隐约约地懂得这一点，但这天我对这一点简直是无法忍受……因此我转过了身去。大钢琴和黑管交替演奏着《被遗弃的心上人》，它的每一个音符我都很熟悉。

当我想着这一切的时候，摩尔会靠近我，搂住我的肩膀，问我为什么好像又不开心了？

我有点不耐烦，像萨冈对贝特朗那样，有时候简直对他的想了解我一切心思的愚蠢又善意的愿望感到难以忍受。

在生活中，我们有时不得不和人产生一种"伪爱"状态，对我和摩尔的现在来说就是如此。对萨冈来说,那时她也承认和贝特朗也是如此。

费尔南多·佩索阿说:"在我看来,所有的爱都是如此真诚的浅薄。我总是成为一个演员,而且是一个好演员。我在任何时候的爱都是装出来的爱,甚至对于我自己也是一样。"

这是多么严重的伪爱!

他甚至说他对自己都不是真正的爱。我们还认为至少自己还是爱着自己的。

萨冈说:"实际上我又能做什么呢?准备我不抱希望的考试,躺在那里晒太阳,跟贝特朗谈情说爱,我都没有多大兴趣。不过我还是爱他的。信任,柔情,尊敬,这些我都不蔑视,但我很少想到激情,这种缺乏真正感情的状态在我看来则是最正常的生活手段。生活,归根结底,意味着如何将自己尽量安排得称心如意些,但要做到这一点已非易事。"

萨冈那时住在一所私人公寓里,那里住着清一色的女大学生。女房东的思想很开通,每天她深夜一两点钟回来也不用担心。她住的房间很大,天花板很低,室内什么摆设也没有,因为她想把房间装饰一番的计划很快就破产了。如何收拾房间,萨冈只有一个要求——别碍她的事。

房间有一种她喜欢的外省气息。

她的窗口朝向院子。

这里的院墙很矮,上面露出一块青天,四周全被巴黎的片片天空紧紧地包围着。有时候它冲出重围,掠过大街或露台,奔向飞驰的远方——动人肺腑,暖人心房。

她起床,上课,与贝特朗相会,共进早餐。去大学图书馆,电影院,做作业,在咖啡馆的露台,与朋友相聚。晚上,他们去跳舞或者去贝特朗那里,躺在床上谈情说爱,然后在黑暗中说个没完。这时候她感到很好,但是在她的内心,还是像有一只活生生的暖烘烘的动物在抓挠,总有这么一种感觉:苦闷,孤独,有时候是兴奋。

她想那可能和她的肝脏不好有关。

就这样她常常听之任之,随波逐流。

她感到自己年轻,喜欢上了一个男人,而另一个男人却在爱她。她必须在这种小姑娘常遇到的愚蠢的小问题上做出选择。她感到很骄傲。那男人甚至是个有妇之夫,即是说,还存在着另外一个女人,于是他们便演起了四重奏,在巴黎的春天里东奔西窜,完全迷失了方向。在这中间,她列出了一项绝妙的,精密的方程式,虽说有些厚颜无耻,但是不能再好了,而且她个人的感觉极为良好。忧思,纠纷,未来的满足,统统都由她承受了下来,对于那一切,她早有思想准备,报之一笑。

她读着萨特的杰作《理智的时代》,天色已晚。她放下了书,双手托着脑袋仰视着天空。这时天空已由原来的浅紫色变成灰色的了，她突然感到自己既软弱又无能。她的生活在白白地度过，她什么也没有做，她只是在一味地嘲笑。"哪怕是有谁能跟我并肩站在一起，受到我的爱护，使我能够怀着痛苦狂热的爱情力量将他紧紧地抱住也好。"她还不至于恬不知耻到嫉妒贝特朗的地步，但是只要看到任何幸福爱情，每次令人陶醉的幽会以及种种爱情上的矢志不移的表示，都足以撩起她内心的忧愁。

在《迷惘的微笑》一书中，有这样一个片段，女孩儿和情人吕克在戛纳的海边待了两个星期，她觉得那可能是她这辈子唯一和他待在一起过的一段生活，很美好，但是即将一去不回，事实的确也是这样，如同眼下我和摩尔的关系，我的内心很明白，他们都将一去不回，这辈子属于我和他的只有这样一段时光：

我独自坐在花园的躺椅上，面向大海，悠然自得，旁边有几个上了点岁数的英国女人。上午十一点整，吕克到尼斯去办一件什么棘手的事去了。一般来说我很喜欢尼斯，至少很喜欢车站和英国大街之间那一段很不起眼的地方，但是我不愿陪他去，原因是我突然希望一个人待一些时候。

我独自一人，在打着瞌睡；由于几天来夜晚睡眠一直不好，所以觉得四肢软绵绵的，现在我感到好极了。我点烟时，拿火柴的那只手微微有些颤抖。九月的阳光已经不那么炎热了,照在人们脸上暖洋洋的。这次我一个人待在这儿真是太好了。吕克说过:"我们感到疲倦的时候会感到很舒服的。"他的话是对的,因为我属于这样一类人,只有在耗尽了某一部分特定生命力时才感到心满意足,而这种特定生命力又是那样的迫切,那样易于受到苦闷的侵扰,它常常提出问题:"你是怎样生活的?你希望把生活安排成什么样子?"对于这个问题,我只是默默地回答说:"无所作为。"

一个非常年轻漂亮的男人从我面前走过,我仔细端详了他一会儿,我觉得自己无动于衷,这一点连我自己也感到惊讶。一般地说,美通常总是使我感到某些不好意思,使我感到很难为情,既难堪,又不可企及。我觉得这个年轻人的外表很可爱,然而没有现实意义,吕克把其他男人都清除殆尽了。可是对于他来说,我却未能清除其他女人,他看见她们时总是春心萌动,呼之欲出。

突然海上起了雾,我感到一阵闷气,伸手摸了摸前额——满头大汗,连头发根都湿了,汗水正慢慢地顺着脊背往下淌。也许死亡也不过如此:一片蓝蓝的薄雾,一次缓缓地下沉。

我可以当即死去,毫不挣扎。

这句话仅仅在我脑海里浮现了一下,便打算悄悄地滑去,但是我当即便抓住了这一闪念。"毫不挣扎。"可是我有许多东西是爱的呀:巴黎,香味,书,爱情跟眼下我和吕克的生活。我有一种预感,将来我无论跟什么人在一起也不会像跟他在一起时这样美好，他生来就是永远为我的。毫无疑问，我们的相逢可谓前世有缘，可是，我的命运在于：吕克丢弃我，我另找别人，一切从头开始。当然，我会这样做的，但我跟别人永远也不会像跟他那样：我几乎感觉不到孤单，内心平静，自由舒畅。只是他又要跟自己的妻子在一起了，而我则被丢弃在巴黎的一间屋子里，孑然一身，给我留下回想无尽的时刻，绝望和不幸的爱情。我越想越伤心，不觉抽泣起来。

幸福是个完好的东西，加不得半点修饰，我的情况就是这样，最近一段在夏纳的日子并没有留下确切的记忆，充其量也不过是倒霉的短暂时刻，吕克的微笑，还有夏日夜晚室内合欢淡淡的芳香。也许对于我这样的人来说，某种类似漫不经心、不感到苦闷和无所谓的轻信已经是幸福了。现在我体会到了这种漫不经心的滋味，就像我有时候看到吕克的目光，体会到一切很顺利一样。天塌下来，不是我，而是他来支撑。他微笑地望着我，我知道他为什么微笑，因此我也愿意回报以微笑。

……

这是我还是萨冈？

这是我的生活还是萨冈的生活？

这是如此相似的缺乏责任感的随心所欲的痛苦和快乐像日光和闪电交织着的生活。

南·戈丁的摄影

下午,摩尔陪我去埃菲尔铁塔附近的TOKYO博物馆看现代艺术,其中一个德国摄影家沃夫·冈(WOULF. GANG)做的摄影展上大量各种状态下的协和式飞机以及他和身边各种朋友生活中的私人片断吸引了我。

现代艺术某种情况下像别人评论我的小说时用的句子:一个人的自娱自乐。不管是画,摄影,还是行为艺术。我曾经无意间看见林路对这位女摄影家的详细介绍:进入因特网上南·戈丁(NAN GOLDIN, 1955～)的网页,女摄影师的主页上是一副巨大的彩色自拍像,1992年拍于德国的列车上,上面是她的作品集的题目——我将是你的镜子。网页中不仅有南戈丁的摄影作品,还可以下载五十分钟的南·戈丁的生活和艺术纪实画面。

网页上这样说:南·戈丁是一个艺术家,也是一个幸存者。她的照片是过去二十年间纽约地下艺术家的私人情感的编年史。"我将是你的镜子"是南·戈丁生活和工作最直接的写照——从她的华盛顿市郊住宅区中等阶层的生活,到上世纪七八十年代疯狂的纽约生活,一直延续到在过去十年中她在社区中与艾滋病患者的遭遇。她的照片是对她最亲密的朋友和主体的回顾,这一点和沃夫·冈有相似之处。她用一架 HI-8 的摄像机记录了一切，那些静止的和动感的画面，是她那一代人无与伦比的精神纪实。

南·戈丁的作品被展示在世界各地的画廊、电影节和博物馆中，她还出版了许多有影响的书。她的照片曾经是混合着自传、肖像以及快照的审美风格，时间超越了二十年。她的图片尤其让上流社会的边缘人狂喜不已，同时影响了许多当代的艺术家、作家、音乐家等。他们大多数是这位女摄影家的朋友和爱好者，于是他们允许戈丁捕捉到他们最脆弱的时刻——当他们哭叫，沮丧，甚至爱恋时——因为她拍摄时是采用亲密的同情的手法，而不是粗野的窥视。

戈丁的朋友被拍摄者穆勒说："我是她的外化，她的照片让我进入。"

照片在色彩上呈现出冷酷的完美，经常以单一的橘黄或绿色的影调让人惊讶不已。她也不回避病态，虐待，以及过早的死亡。她成功地在 1996 年于惠特尼美国艺术博物馆举办了回顾展，她和被她拍摄的人们被桂冠诗人马克思·科兹罗夫称之为"南的家族"。她的《我将是你的镜子》一书同年出版，和作品的展出同时引起轰动。如今，戈丁的有影响的作品拍卖价格为 1800～5000 美元。

对于这样一位女摄影家，一个特殊国度里一个特殊阶层的产物却在美国引起了巨大的反响，这不得不承认其社会特征的合理性。美国一些摄影杂志不断刊登和发表她的作品和介绍，她和如日中天的大师如玛丽·艾伦·马克，安妮·莱波维兹等同时登上了著名摄影家的殿堂。尽管很多人对她的作品不敢恭维，散乱的画面，毫不讲究光线效果的照明方式，颓废的、消极的生活状态，既缺乏美感，又无法让观众对画面上的人产生同情或是怜悯。然而，正是这样的画面，却集中反映了美国中层社会年轻以及中年一代的生存状态，关键是对这一阶层，在南·戈丁的镜头以前，很少有人涉及或者说很少有人如此全面深入地描绘。冠冕堂皇的主流社会的名人早有摄影师表现，如安妮·莱波维兹，她以百万美元的年薪塑造出一代名人的画像，在女摄影师中坐了头把交椅；下层人物甚至是边缘人物的生存状态也有人关注了，比如玛丽·艾伦·马克倾注二十五年的生命体验所换来的图像，几乎到了无法超越的境界。南·戈丁恰恰从这中间杀出了一条生路，将曾经被人们忽略的一代人的精神世界刻意地进行了解剖。也许这一阶层的人物所具有的反叛意识正好是美国未来的一种象征，或者说他们的走向预示着下一个世纪的美国人的精神状态，所以逼得美国社会不得不对南·戈丁的照片多看几眼，并由此生出一丝忧虑，感到些许茫然。

TOKYO 博物馆

在巴黎东京博物馆中，还有一个醒目的作品是来自日本的女摄影师HANAYO，她把自己的摄影作品和装置、行为、摄像短片等等结合在一起，带来巨大的性感和暗示，色彩上就暧昧，红字当头，暗红，桃红，大红，粉红。

她拍了大量的女孩图像，用儿童在无意识中的表现，来反映性感的无处不在。她画面中的女孩，都是洛丽塔，都是小说中的宁芙，精灵一般的漂亮，勾引成年男人自己却完全无意识。

展厅中间是一个T型台，台中摆放一个粉红色的沙帐，从天花板上垂落下来，内中有一张沙发，墙上循环播放着在开幕式上在此T型台和沙帐沙发上的表演实录：女人身着日本和服，层层叠叠，到慢慢脱得只有透明内衣的情色演绎，大胆，又遮掩，引起人唯美色情的种种相关联想。最后人陷入毛绒绒的沙发中间，往沙发里陷落，那里好像另有一个出口，是一个无底洞般把她吸入，至此再也不见。

这个结尾，暗暗呼应了开始时，两个孩子从同一个洞中爬出，生机勃勃地浮现，现在人去景在，物是人非。

录像循环播映，照片历历在目，一边配以日本式特色明显的催情音乐，两边墙上的花，身穿各种裙子的女孩儿，刚睡醒的男人，俱乐部里飞得很高的人们，野营照片……一切呈现出彩色的，纷乱的，奢靡的，日常的，暧昧的当下生活图景，意义多重，不能简单地解释，很多感觉，很多记忆被唤起。东方的东西，在我看来，那种意识与生俱来，然而，摩尔这样一个西方人看了半天，还是觉得不太明白艺术家要表达的是什么，这种骨子里的区别，让我明白，我们之间天然的隔阂。

只有东方人能看明白彼此骨子里需要的东西，犹如戈丁的书的题目《我将是你的镜子》，表面阴柔，内心狂野，要得很多，只可意会不可言传，这就是东方文化和东方男女的奇妙之处。

东方人和西方人，永远是骨子里的两种人，有时候我盯着摩尔的侧影悄悄地看半天，心里承认他很英俊，又很绅士。可是我盯着他的时候内心很平静，我奇怪为什么他就是没法引起我性感的反应——也就是说他再好看，在我眼里还是另外一种摆设，我没法觉得他性感。能让我感到性感的还是中国男人，比如我爱过的那些男人，不管他们做什么，去了哪里，最近又有什么动向，我都会心领神会，天生理解，他们的所作所为，天生容易让我感到性感，很容易，想到他们看到他们，我的心就动了。

有些东西是与生俱来的，与生俱来的好恶和悲伤，就像我与生俱来接受了那一方水土里的东西。你只能接受这种骨子里的真实，爱就是爱，敏感就是天生敏感，很多东西假装不来。

当摩尔的细心体贴在我脑子里反映出娘娘腔的时候，我会突然心烦；他在大街上走着，想亲我的脸颊，我不由自主推开他，他一脸诧异，问："Why？"我没法解释这种本能的身体反应，只能说你刚吃过东西，用多余的语言来解释本能，是另一种画蛇添足。

我经常会和内心阴柔的男人走到一起,也许是巨蟹座的女人是最有母性的星座,骨子里会照顾人,乐于奉献,可时间长了,他们让我累,所以好景不长。

其实,最会为爱奉献的女人,也是需要一个内心真正强大的男人来保护自己的。我外表阴柔,内心却阳刚,需要一个既懂阴柔又懂阳刚的男人来对付我。他必须要非常有智慧,非常大气,让我像一滴清醇的水,被一双大手或一只粗瓷大碗小心翼翼地接起来。

光头老方

看完展览,在蓬皮杜旁边的酒吧等来我在巴黎遇到的第二个天蝎座男人———杂志记者老方。

老方在巴黎多年,曾经为组稿到北京,我在上海和北京两次遇见过他。

来巴黎前,我给他发了邮件,约好来了聊聊。本来我只是想在酒吧里聊聊就完了,可摩尔大概觉得老方脑袋剃得光光的,一身正式黑西服,戴一副黑框小眼镜,样子有点可疑,他提醒我们说好去看场电影的,他的防范反而让我故意说要和老方去吃个饭。

摩尔还是很绅士地说,那好吧,吃完饭可以马上给他电话,他会过来接我。

老方和我在摩尔的注视下，往另一个方向走去。

老方回了回头，说你的小白兔还没走呢。

我说随他去吧，肯定是有点不高兴，刚才要亲我我露出不耐烦，现在没准会想到是因为你，其实都是哪儿跟哪儿呀。

老方说，他看上去对你很不放心。

我说，可惜我有逆反心理，越不放心我越是让他觉得可疑，其实我们三个人一起吃个饭也没有什么，你也就是我的一个同乡而已。

老方笑了，说我们去那一条多是色情俱乐部的街上走走看看，一路上招贴就很够看。

我说怪不得摩尔要不放心你和燕青，你们两个天蝎座的中国男人，为什么都想把我往色情的路上引？难道中国出来的人，不管男人和女人都等着开这方面的洋荤吗？好像国内都吃素似的。

老方说，就是看看，进去我也不敢，他们那些地方有黑社会保护，乱得很，要去也得去另外会员制的高档俱乐部，男女都必须穿上晚礼服才能进去的，去的人档次也高，导演明星什么的。可惜你今天没穿正式一点的裙子。

我说，省省吧，我一点兴趣也没有，你该不是想把我骗进去，弄晕了，供你在里面玩做筹码吧？

老方说，几个帅哥围着你，众星捧月呀。我们都是写作的，体验生活嘛，你就是不能和你的小白兔说，他那种正式体制里的人理解不了。

我说我现在理解为什么说天蝎座色情了。

我们在色情夜总会夹缝中的一家广东餐厅的火车座上坐下来，我点了牛肉河粉。

一路上看了很多站在门口浓妆的黑女郎，或是上了年纪的老风月，感到这委实不是层次高的街。

老方这个天蝎座看上去鬼鬼祟祟，层次也不太高。

我估计是十几年的法国生活把他给治了。

他和一个法国女人结过一次婚，七年后离了，以后就一直东漂西泊的，时而国内，时而国外混着，本来还能写一手好小说，这些年也荒废了。

饭后，我们走到了塞纳河边，在一家叫香特利的酒吧沿街小坐。

闷骚男人老把话题往东西方男女，胖瘦哪个更性感等问题上引，我尽管喝了啤酒，脑子却很清醒，也趁机问了很多男人的隐私问题，看看他会吐出什么苦水。

老方开始说他在法国的性经历，他说这年头女人都闹女权，只要男人给女人好好地服务一下，女人心里才会得到满足。

我说你怎样给女人服务的？

老方摸了摸他的光头，他说女人把他的脑袋夹在下面会很过瘾的。

我恍然大悟：说你们剃光脑袋原来是为了给女人服务的呀。

老方脸皮厚厚地说：要不要试试，试过了就不会对我这么凶了。

我说得了吧。

没再说下去，其实我想说，现在看着你的脑袋我就很恶心。

我告诉他，我爱上了一个人，准备过正常的生活了。心里有主，眼神才会坚定。我不会像他那样贪恋自由，在世俗、情欲的泥潭里滚来滚去，内心没有信仰，生活没有目标，在我看来这样的日子过得很可怜。

我愿意只爱一个人，为他奉献我的美好和自由。也许偶尔我也会寻找欢乐，但那一切真正将变得不太重要，和我们结合所产生的世界相比，那一切都将变得无足轻重。

老方现在看我，有点无可奈何，也许他会觉得和我这样的女人在一起白费了口舌，浪费了时间，耗不出一点名堂。

女人如果正经起来其实还是因为男人的魅力不够吧。

我们开始往地铁站走。老方在地铁口最后问我去不去他那儿坐坐。他借行法国式贴脸告别礼节时来问，使我不好意思告诉他：你的脸上好像有女人下体的味道。

一个屈从于女权，甘心为女人服务的男人，是得不到女人尊重的。好好的人，竟然把自己当工具使了——一无话可说。

我向他挥了挥手，向开往 19 区的地铁站台走去。

这一刻摩尔在我眼中，显得干净，高贵。

男人很容易因为一个言行毁坏他们本来在我心目中应该有的形象。

当然男人很不容易，要和很多东西挣扎。

我理解一个人在异国他乡越来越紧缩、小气、小心翼翼的原因因为一切靠自己，没有谁可以真正依靠，心中存在着多种价值体系，原来的世界和身外的世界充满着矛盾冲突，必须不停地在自我与放弃自我的孤独中建立一个新的自己，也是慢慢地失去自己再建立一个新的自己的过程。

人生活在自己的国度和文化中毕竟是温暖和容易的，不会像在国外那样分裂和变态。

刺猬一样的我们如何相处

摩尔在家里走来走去，洗衣机正在洗我和他的衣服，发出轻轻的嗡嗡的声音。

我很抱歉对他的态度不够好，更在大街上让他对我产生怀疑。

昨天我坐地铁回家的时候，摩尔正在桌上写东西，我赌气似的进门后不和他说话，好像心里在说：谁让你怀疑我呢，见个人就非得有不轨吗？

也许这只是我的多心，摩尔只是要关心我罢了。

也许只是我以小人之心度君子之腹，我自己的花花肠子有时犯起病来，的确花痴一般不好控制。

想到这里，我又对摩尔满怀歉意。在他看着我的时候，温柔地趴在他的背上不肯下来，特别是在他告诉我，下午他要先去买好牡蛎，送到我们常去的一家餐馆，那里有一个特别好玩的留着八字胡的厨师，摩尔将请他的几个好朋友在那里和我一起吃饭。

开牡蛎用的刀是要专门的，只有店里才有，回巴黎后，我们去那家餐馆吃过几次牡蛎，但这次，摩尔说他会在厨房自己来开牡蛎，他喜欢为我服务。

我想到有次他为我服务时把手指都弄破了，他那么无私，总是为我付出劳动，而我，却动不动就回到一个内心黑暗而孤独的孩子本身，像刺猬一样渴望温暖，别人一对我好又赶紧躲闪，害怕刺痛别人或者被别人刺痛。

这次的旅行，如果没有他会怎样呢？只有他在我的身边，才能找到我要的一切：电脑可以上网，衣服每天给我叠得整整齐齐，空气里飘浮着我喜欢的英式摇滚，他的目光无微不至，他尽他的所能来做一切安排，他带我走过大街小巷，指给我看和以前女友住过的小区。他那么坦然,而我却无心地听,满不在乎,对他的过往一点也不好奇。我不关心他也不打听他的事情,可是如果没有他,我会怎样的内心荒凉?简直无法想象,在异国他乡,无人分享和分担一切快乐忧愁,在自由的背后一片荒芜,我会像一只离家的野狗一样可怜。

也许是因为要回国了,我经常在想着摩尔的好,很多话用语言难以向他说出,也许只能让他觉得我投向他的目光一次比一次深情。

在下午的阳光中,我和他牵着手,默默地在街上走,他陪我买了一件大红的看上去很酷的皮风衣,花了我三百欧元,穿在身上感觉好极了。要回去了,我想把出国前兑换的欧元多花一点,于是又买了好看的性感文胸,黑色蕾丝衣服,回去做礼品用的香水,印度小店里的手袋和香包等等小东西,感觉很不错。

沿着香榭丽舍大街往前随意散步,著名香水店的香味使飘过整条街的风都是香的。空气中有种令人感动的芬芳、干净,春天一般。不时有人踩着滑轮飞驰过去,两边的咖啡馆里坐着各种各样的人,他们的故事我无从知道,也许有喜悦也有哀愁。可是,我仍然是高兴的。摩尔此时也是高兴的。我们只是乖乖地牵着手走在路上而已。

我希望能够在路上遇见伊莎贝拉·阿佳妮,那个同样和丁香一样的结着幽怨的姑娘,据说有一年在巴黎的大街上,阿佳妮像我一样随心所欲地走着,可是她遇见了她命里的克星:演《生命中不能承受之轻》中托马斯的英国演员丹尼尔·戴·刘易斯，这个男人用他好色但又无所谓的眼神看着眼前这个多情茫然而又柔弱的女人，这样的女人天生是要为情所苦的，他在想自己是不是需要给她带来一点麻烦。

和想没关系，阿佳妮的眼睛泄露了秘密。她愿意让他把麻烦带给她，爱情就是一种奴役，一方给予另一方奴役自己的权利。

于是，一场感情故事开始，男人始乱终弃，让女人在孤独中生下他的孩子，自己却又开始另一场情感。

这个男人只适合在银幕上观看，他像笼中的老虎，关起来才没有杀伤性。他的摧残人的天性没有人可以阻止，因为他是天生的猛兽，天生的女人的克星。还好，银幕为他释放了很多身上的兽性。

我始终为阿佳妮动心，只有心受过痛和创伤的人，才能理解她演罗丹的情人时那能让摄像机震颤的眼神定力来自何处，在河边如何又会旁若无人地一个人自娱自乐翩翩起舞，她那么柔弱，那么美，多少男人在梦想中愿意为她去死，可是得到了就还是一样了。一个沉浸在爱中的女人和一个普通的傻女人没有什么不同，所以，丹尼尔·戴·刘易斯又一次狠心地离开了她。他的理由是谁也没有办法逼迫他成为一个孩子的父亲。

也许有些男人始终拒绝长大。

女人从伤痕狼藉中抬起头，无语地看着自私男人的远去，她的爱留不住他，她的情在他看来无足轻重。

当她爱他，愿意为他奉献自身，就失去了驾驭他的能力，迎合是留不住男人的，也不会使他们懂得珍惜。

这样的男人走了也罢，聪明的女人懂得坏男人的身上有另一种精神可以吸收，很多好女人原本是想从他们身上寻找属于自己的一些东西，那种骨子里的野性的东西，经由他，她们看到了发现了自己的本质，这使得经过了坏男人的女人，更从容，更明白事理。

内心可能千疮百孔，但面上还是波澜不惊。我喜欢这样的女人，真正有故事的女人。

晚上在好玩厨师和他几十年的搭档自己开的餐馆里，我们照例在饭前趴在吧台上品尝了很多种上好的葡萄酒还有香槟。法国人对于酒，真是贪得无厌，喝一口，抿一下嘴，咂吧一下，一脸陶醉的表情。

厨师和他的搭档拿出了他们收到的厚厚的明信片和照片，让我看到这家小店了不起的历史，不管在哪里的小店，开得好的都是主人好客又有人缘的。翘着八字胡的厨师也有遗憾，明年他的小店可能就不开了，因为年纪大了，他要回老家了，他的搭档也要回家照应自己年幼的孩子。

我又见到了电话先生、起司先生、摄影师先生和另一女士，我们大吃牡蛎和金枪鱼，好玩厨师的拿手菜是烩鸭腿，他说话的时候八字胡一上一下跟着动,表情非常丰富,我觉得他可以演很好的话剧。好玩厨师听了感动,破例邀请我参观他的工作重地——厨房,并在厨房里又请我额外吃了一样小菜。

见到他们的感觉很像老朋友了,电话先生和我们约好,明天或后天去他家吃饭,他和太太一起请我们。

起司先生夸赞我的红风衣漂亮,我祝福他那本写美食的新作早日问世。

天黑了,饭局也完了。

我坐在摩尔的摩托车上,又一次经过塞纳河边,又一次经过艾斯梅拉达和钟楼怪人待过的地方。灯光下,一切和白天天蓝蓝白云多多的景象不同,却都那样的美,总是让人如同置身风景画中,叶子发白的背面被风吹起,远看像一树白的繁花。

在经常堵车的巴黎市内,我发现摩托车是最快捷的交通工具。回想一下,在这样长的一段日子里,摩尔和他的摩托车已占据了我太多关于巴黎的记忆:

他用它载着我去看我画家朋友的画室;去蓬皮杜旁边的咖啡吧会朋友;带我看红磨坊和蒙特马山顶的夜景;在风里穿过巴黎的各个区,从第6区的著名咖啡馆到华人很多的13区到第1区的同性恋酒吧再到19区人种混杂的异国情调;我的一位小朋友说,他有一个泡妞梦,那就是如果有漂亮的姑娘,一定要载在摩托车上,不为招摇过市的显摆，而是为了体味一种与风的摩擦，与自然的极度接近，与爱人紧紧相依的快感和刺激。他认为摩托车是泡妞的最好工具。

摩托车上的情梦

坐着我的巴黎王子驾驭的摩托车，想到小朋友说过的话，还有《罗马假日》中英俊的格里高利·派克骑着摩托车载着美丽的公主在罗马街头游荡的镜头：赫本紧紧地搂着派克的腰，把头依偎在派克宽厚的脊背上，心里涌动着的情愫在依靠中变得宁静而悠长——最浪漫的事情也不过就是如此了。

就像我在这段时间里，经常和摩尔做的那样。有时候，摩尔去车库取摩托车，车库是在地下室，于是我站在街上等他驾着摩托从地底下突然呼啸着冒出来，他戴着头盔，全副武装一般，好像我的一位真正骑士。我站在阳光下，阳光晒得我眯缝着眼睛，那一刻，生活真的好像无忧无虑，我好像已经适应了在巴黎这样的生活，我的欧洲王子那样帅，白得那样透明，眼睛蓝得那样好看，金发自然卷曲，我好像一直是和他在一起的，不需要更多的语言，天生就是如此，一直这样安静地等着他，等着他从地底下冒出来突然呼啸着把我接走。我需要一个爱我的男人踩着七彩祥云来把我接走，接到哪里我不管。

　　欧洲王子和他的东方公主终于幸福地相伴在一起了，任凭前后左右街上的人好奇又羡慕地打量着我们。

　　女人是生长于泥土中的，一旦双脚离开泥土，她会缺乏方向感，谁把她带走谁就是她一生的依靠。

　　格里高利·派克让赫本走下摩托车是一个错误，他不该就这样让赫本离开了他，一人去承受很多来自别处的苦痛。摩尔要是再也不让我着地该多好，我也就安安静静地听命于他，趴在他的背上，抱着他的腰，陪伴着他，从拥挤喧嚣的大都市驶出，迎着风、星星、细雨、蔚蓝的天空不停地行驶下去。总之，就那样，把我的这辈子因为摩托车和他捆绑在一起，再也不分开了。

　　这真是我这辈子最浪漫的想法，我为我自己还有浪漫的想法而感动。

　　想到这个，突然感觉我和摩尔还是经历了那么多美好的事情，我那么的感激他，就如同我们一次次久久徘徊在塞纳河畔，尽管那里的桥下随处是人和动物的尿迹。

　　我们看别人也被别人看，人人都成了风景，即使当风景泛滥，什么东西都是一闪而过。

　　我们的再次相遇还是非常有缘，因为是在合适的时间和地点。合适的地点是巴黎，合适的时间是2002年8月到9月，秋高气爽，合适的机缘是我第一次到巴黎,摩尔单身生活已持续一段时间,他非常向往到中国和印度生活,他希望找一个异国女友——种种条件,天时地俱备,使得我们在极短的时间内成了一对情侣。

燕青和老方来了几次电话,我想再见他们的念头淡了,聊得也够多了,于是找了很多借口。

他们的电话总是打到摩尔的手机上,摩尔听到我敷衍地老是在说:好的,好的。

他对"好的"这两个字感到很奇怪。

燕青可能还想带我去看一看红磨坊,他们旅游公司和红磨坊有合作,可以免费供票。他还说要带我去巴黎最时尚最 in 的酒吧,让我好和北京上海的那些地方有个比较,可我已经失去了兴趣。

有一天我从摩尔的报社出来,经过一家外表超酷的酒吧,里面响着我熟悉的电子迷幻音乐,门口聚集了数十个黑衣黑裤的"战士",那是真正的西方战士,非常朋克,和在荷兰看到的不太一样。他们个个人高马大,身上各方面的尺寸都要比我大几号,不管是男的还是女的,不管是黑人还是白人,不管梳着怎样的发型,非洲小辫还是鼻孔打眼、舌头上穿孔的,他们整齐地聚集在一起,正要开始晚上的狂欢。他们陶醉,说着我不了解的语言,激情满怀,互相勾引,眼波流转,整个空气中都充斥着他们身上散发出来的超强荷尔蒙味道,能量密集,气场惊人,不是和我一个型号,那是齐齐的一米八九以上的来自于另外一个世界的人。原始，生猛，使我这个黄种人和他们在一起，就像一头奶牛旁边的狗尾巴草一般不值一提。

再见正如不见

和小凡又在画展开幕式上见过一面，是他的朋友的画展。小凡自己的画展开幕式那天正好是我离开巴黎的日子，所以我抱歉地不能参加他的画展，去看看他的朋友的画也好。摩尔带我找到那个地方，酒吧的外面是个花园，里面是小型画展的酒会，小凡的希腊女友看上去很警惕，尽管我的旁边有一个法国男人陪着。男人和女人关系复杂之后，就会复杂地看待一切关系，在国外，也许是有很多国内来的女人寻求本国男人的保护，而让中国男人的外国女友也会紧张。

天哪，我庆幸我还不用加入他们的圈子，我还不想在国外这样混，我还有我自己的国家可以居住和生活，一点也不用在这里和她们争风吃醋。

还好，在国外的这段日子，我有摩尔，他使我的内心坚强很多，不用和人多打复杂的交道，外面有些人也许约着喝第一杯咖啡就开始对面前的女人想入非非疑神疑鬼，他们也许以为有人找他们就是寻求帮助，他们不会觉得有喝一杯咖啡纯粹就为聊聊天这样简单。这时候一个电话就让摩尔从天而降骑着他的摩托车来把我接走，这使我感到有人保护的快乐。

我只是把摩尔当作一种保护伞吗？只是一种自私的需要吗？

现在我有点迷糊了，有时候我感觉我还爱着一个中国男人，有时候我感觉谁也不爱了。爱人使我感到沉重的累，只有谁也不爱才能挣扎着透一口气。

有时候，我感觉和摩尔这样一个不太了解自己的人在一起也挺好的，就这样相伴着老去我也没什么意见。我可以住在国内，他可以节假日来中国看我，反正法国一年有好几个节假日，中国的消费又低于巴黎，我们可以过得很好，只要我在他不在的时候，努力写作，中国待厌了的时候，我就来巴黎。摩尔的摄影师朋友问我会很快再来巴黎吧，他可能觉得谁肯放弃巴黎呢，毕竟巴黎就是巴黎，谁也无法把它取代。我说我只喜欢在自己的国家晃，怎么晃都很舒服，他们也不一定相信。

好吧，不说了，也不用谁相信，我要过的生活，只是在生活的途中，等待着我一天天过下去而已。

因为前面说好的，我在离开巴黎前还是去电话先生和摩尔的女上司家再做两次客人。

意大利电话先生和他的太太夏洛蒂有一个小小的布置得非常温

馨的家，夏洛蒂是一个室内设计师，个子娇小玲珑，面容清秀和善，短发微微卷曲，喜欢笑，是一位非常可爱的姑娘。她拿了很多影集给我看，摩尔在旁边解说，特别指给我看电话先生和夏洛蒂两年前在纽约举行婚礼的照片，摩尔和起司先生等朋友都专程从巴黎赶到纽约参加婚礼。

我们开始喝酒。窗帘拉起来的时候，我发现了一个有趣的情况，那就是在窗帘的后面，有一部活动着的真人秀，就在对面楼内，比电话先生家低一个楼层，正对着一户黑人姑娘的家，黑人姑娘穿得很性感，身材曲线毕露，正站在她家的窗帘边搔首弄姿，我甚至可以看见她窗帘后面的一张大床。我目瞪口呆地望着电话先生，电话先生也会意地大笑，说有时候，黑人姑娘和男朋友幽会会忘了拉上窗帘。我们都看着对面窗口，说着笑着，黑人姑娘大概觉得我们在取笑她，于是拉上窗帘，人也不见了。

夏洛蒂来陪我们，电话先生去厨房煮菜，据说他已经把一个菜煮了几个小时了，放了茄子、土豆等好几种蔬菜，这种费很多工夫的菜是只有好朋友来才做的。

我说电话先生整天快乐地说笑话，夏洛蒂一定很高兴。夏洛蒂说她本来也喜欢笑。他们俩在一起真的一看就是快乐的两口子，尽管家比摩尔住的房子小，但看上去要比摩尔快乐。夏洛蒂一定觉得我是摩尔的正式女友，会像她一样组成小家庭，于是关心我是不是喜欢在家招待朋友，会不会做饭招待朋友吃的问题。

最后在巴黎做客

法国人看来很喜欢在家招待朋友，之前摩尔也对我说，可以邀请我的朋友来家里做个Party，他也邀请几个好朋友来一起聚聚。对于一个有了女伴的单身汉来说这样是个很好的交际方式，可是他不知道，我并未产生把他的家当做我自己的家的归属感，这一点是不能欺骗自己的，也无法欺骗自己的。

鞋子合不合适，脚最知道。

我当然是个喜欢朋友的愿意做饭招待朋友的人，可是我没法在一个不是自己家的地方做女主人状招呼客人，想想也很苦恼。我对夏洛蒂还是说，很喜欢在家和朋友一起吃饭，下次有机会我会做中国饭给大家吃。

法式炖菜，火腿，白葡萄酒，红葡萄酒，面包，荷兰的意大利的法国的各色起司，羊排，饭后的甜点：樱桃草莓蛋糕。电话先生卷起了一支烟，里面卷进了他的侄女遗忘在他们家的大麻叶，空气中立刻变得香起来，我们也被酒和烟搞得懒散和晕乎乎的。

他们开始要求玩游戏，也就是互相在纸上写一个著名人物的名字,贴在对方的额头上,这样一个个地互相再猜自己额头上的那个人名,猜的过程可以提出很多问题,对方用是或不是来回答。我写了玛丽莲·梦露,他们有写画家达利和毕加索,美国前总统布什,作家莫泊桑的,这些公共的名字,犹如世界的玫瑰——我们一个个把这些名字猜了出来。玫瑰渐次盛开。

互相赠书,电话先生也写了一本书,可惜我看不懂。我送他的书他也看不懂的。我和摩尔在午夜时分告辞,我们俩步子变得晃晃悠悠,摩尔问我还想去哪里坐坐,我说花神吧。

于是我们又往那两家著名的酒吧走去,花神和旁边的一家,萨特和波伏娃以前常来的酒吧,不远处还有海明威喜欢的Lip。我们在老式而经典的座位上坐下来,我的座位上方有一张波伏娃低着头看书的黑白照片,镶嵌在镜框里,摩尔给我和波伏娃合了一张影,说一个中国年轻的女作家来看她了。

门口有一位老年女士正在拉开嗓门唱歌剧,我想给她拍张照片,可一走近,她就低头拎起一个口袋走人,等我回座位,她又回到老地方开唱。酒吧的两个服务生身着白围裙站在门口对着她交头接耳,摩尔说那女人以前是唱歌剧的,但不是很好的歌剧演员。

酒喝太多了,现在我理解巴黎的生活是怎样让人觉得云里雾里的,是因为有这么多的酒在起作用。男人和女人间如果感到浪漫,那也是因为喝多了酒,一切不再那么现实,有了虚幻的关系最好一直虚幻下去，生活中就再也离不开酒的合作。不愿面对现实或者说逃避现实的人，就这样在这一个美丽而又带点伤感的地方沉迷下去，直到忘了归路。

摩尔说巴黎的冬天很阴湿，让人伤感，容易得忧郁症，那个时候也许更需要酒，很多人因此酗酒成疾，要去戒酒中心才能戒掉，过正常生活。杜拉斯就曾经喝酒喝得很厉害。上海的冬天同样可怕，冷到骨头里，又湿湿的带着水气，我就是在上海得忧郁症的，还好现在在北京不会犯了，北京的冬天很干燥很温暖，室内很舒服，暖气很足，只用穿很少的衣服。摩尔抱紧了我，好像看见了我在上海得病时可怜的样子。

第二天我们去他的女上司家吃牡蛎，当然是摩尔告诉她说我喜欢吃牡蛎，然后自己买了开好口后先送到上司家冰箱里冰着的。他的上司是个健谈和能干的独身女人，四十岁左右，一个人住着一套有十个房间的大公寓，家里墙上挂的画和艺术品一看就知道女主人的品位。她自己也画画，风景画画得极美，印象派那种。我给她小凡画展的请柬，请她有空参加他的画展开幕式。

这顿饭吃得非常舒服，除了因为有我的最爱牡蛎，还因为女上司下厨炒了一个宫保鸡丁，放了一点醋，一点酱油，味道竟然美味非常，让我的胃一下子找到了国内的感觉。我们三个人吃了米饭，把这一个菜全部吃光，脸都吃红了。我说这是我在法国这么多天吃的最舒服的一次饭，摩尔也没想到女上司做的菜这么好吃，女上司却说这个菜她只是吃过，今天是第一次做。

饭后喝酒闲聊，我问到萨冈的情况，女上司说她不太妙，现在身体很不好，人也很穷，和年轻时相反，现在钱也没了，年轻时那样花天酒地，很早就挥霍，现在挥霍不动了也没钱了。

年轻时朋友很多，现在朋友很少。

我听了说不出话，暗暗想，不知道现在萨冈的真实想法，这个女人，谁知道这是不是正是她要的不循规蹈矩不按牌理出牌所造成的效果呢。年轻时精彩过，也足够了，但对我自己，我还是要求老的时候千万要有钱，生病的时候要去海边最好的疗养院养着，人已经老了，如果再穷可不是雪上加霜吗？再说我年轻时也没有胡乱挥霍过，所以不该让我年老时受罪。

最后在巴黎了，最后看蒙马特区的白教堂圣心院，最后跟摩尔去一家传统法国饭店——1896年开店把肉做得毫无味道把白菜和土豆做得稀烂的老饭店道再见，最后登上春天百货商场的楼顶俯瞰巴黎全景，最后经过塞纳河，最后在巴黎的街上缓缓地走……

我将要从巴黎坐七个小时的火车到法兰克福，然后再从法兰克福坐十个小时的飞机飞回北京。

此时我想念什么，此时我割舍不下什么，一时间都说不清楚了。

就像我们最后一次经过一个很大的公园，草地上金发女孩们从山坡高处往下面滚，边滚边笑，神采飞扬。这是她们的城市，她们幸福地陶醉于此，很天然地开心与美。而在山坡的边上，有几个广东人脸型的老妇人正坐在高处的椅子上沉默地看向远处，面无表情的人仿佛是我如果定居此地的未来，她们像墓碑一般一动不动。我相信巴黎埋葬了她们的青春，也许无意间跟随做生意的丈夫来到此地，辛苦劳作，几十年就这样过去了，她们的快乐和悲伤在巴黎来说都是那么微不足道，最后巴黎将埋葬她们，冷漠地收留住她们最后的尸骨。把巴黎做墓园，在活着的时候已经是了。

没有办法，她们对巴黎献出了自己的一生，几乎忘了自己的语言，几乎不再和任何国内的亲人联络，可是巴黎还是不那么认她们，她们始终生活在巴黎的外围，老的时候也是坐在巴黎的山坡上以俯瞰的姿势一动不动地望着它。距离是天生的，没法贴近的距离，没有温度的距离。

我不想葬在巴黎，如同我也不想葬在威尼斯和罗马，它们再美也和我没关系。我只是它们的过客，生活在它们中间，我的内心结了痂，正在慢慢变得冷漠。

好在，我这个家养的人就要回老家了，把这个城市留给那些野生的人和原本就居住在此的人们。

我爱你们并且为你们祝福。

Part 10　尾声

　　一个落日，同另一个落日太像了，你无需到康士坦丁堡去刻意地看一下某一个落日。而旅行会给我们带来什么样的自由感？我可以享乐于一次仅仅是从里斯本到本弗卡的旅行，比起某一个人从里斯本到中国的旅行来说，我的自由感可以更加强烈，因为在我看来，如果自由感不备于我的话，那么它就无处可寻。

　　孔狄亚克（十八世纪法国哲学家）在一本著名著作里，一开始就说："无论我们爬得多高，也无论我们跌得多深，我们都无法逃出自己的感觉。"我们从来不能从自己体内抽身而去，我们从来不能成为另外的人，除非运用我们对自己的想象性感觉，我们才能变成他人，真正的景观是我们自己创造，因为我们是它们的上帝。它们在我们眼里实际的样子，恰恰就是它们被造就的样子。

我对世界七大洲的任何地方既没有兴趣,也没有真正去看过,我游历我自己的第八大洲。

佩索阿还说:有些人航游了每一个大洋,但很少航游它自己的单调。我的航程比所有人的都要遥远,我见过的高山多于地球上所有存在的高山,我走过的城市多于已经建起来的城市,我渡过的大河在一个不可能的世界里奔流不息,在我沉思的凝视下确凿无疑地奔流。如果旅行的话,我只能找到一个模糊不清的复制品,它复制我无需旅行就已经看见了的东西。其他旅行者访问一些国家时,所作所为就像无名的流浪者;而在我访问的国家里,我不仅仅有隐名旅行者所能感受到的暗自喜悦,而且是统治那里的国王陛下,是生活在那里的人民以及他们的习俗,是那些人民以及其他民族的整个历史。我看见了那些景观和那些房屋,都是上帝用我想象的材料创造出来的。我就是它们。

有些人把他们不能实现的生活,变成一个伟大的梦。另一些人完全没有梦,连梦一下也做不到。

记忆照亮我心中的角落,混杂这无色的记忆,我变得如此简单,在幻想中重写过去的每一段台词。

有些女人,从来不是渴望被驯服,她们需要的只是有一个空间,可以自由地跑。

我出生在巨蟹座下,因此我独立自主,在海上和陆地上都拥有大片领地。蟹可以横行不羁，象征着自由的精神。

除了爱情什么都不排队。

在旅行中，也是一个人最多胡思乱想、最自闭的时候。

自闭是一种失去自己，一种对具体生活的遗忘。

我的自闭不是对快乐的寻求，我无心去赢得快乐。

我的自闭也不是对平静的寻求，平静的获得仅仅取决于它从来就不会失去。

我寻找的是沉睡，是熄灭，是一种微不足道的放弃。

对于我来说，陋室四壁既是监狱也是遥远的地平线，既是卧榻也是棺木。

我最快乐的时候，是我既不思想也不向往的时候，甚至没有梦的时候，我把自己失落在某种需有所获的麻木之中，生活的地表上青苔生长。

我品尝自己什么也不是的荒诞感，预尝一种死亡和熄灭的滋味，却没有丝毫苦涩。

在这些影子般的时间里，我不能思想、感受或者愿望。

我设法写下来的东西，只有数字或者仅仅是笔的停顿。我一无所感，甚至我所爱之人的死亡，似乎也会远远离我而去，成为一件用外语发生的事件。我也一无所为，就像我在睡觉，我的语言、姿势以及举动仅仅是一种表面的呼吸，是一些器官有节奏的本能。

很高兴，现在，我没有完全自闭下去，我走完了一场旅行，正如同我终于走进或终于走出了一个男人的内心。世界在我的笔下敞开，一切的存在都那么合理。我感觉到爱，温暖的潮涌，生命的热情在我的体内像阳花一般五颜六色地开放，我还可以继续做梦，继续梦想，继续流浪。继续爱你，继续自言自语，心怀永远无法解脱的孤单一路走下去……

摩尔最后的几封信

1

Echo,

It was wonderful spending these weeks with you. I hope you had a nice trip back to China. I also hope you enjoyed France and some nice French people, especially the funny guy and the funny cooker.

When I came back to my appartment, I saw your shoes. We forgot them! The appartment looks empty now without you.

Today, I have many things to do and many friends to see before flying to India tomorrow. This evening I am having dinner with Mr. Cheese. I hope he will not be too serious!

I will write to you.

Love,

M

2

Echo,

Thanks very much for the pictures! Unfortunately, I don't have a scanner. Maybe I can send you the ones I took by mail if you give me your address.

My book was published. It is very nice to enter a bookshop and see it on the shelves! But I guess you are used to it.

I think of you and your trip in France very often too. It was not always easy to communicate with you. There are many things I would have liked to ask you or to tell you but maybe I did not dare.

Sometimes you seemed a little impatient with me. I didn't want to annoy you. I was very sad when you left. I would have liked to spend more time with you.

I hope everything is nice for you in China. I would be very happy to see you again.

I gave to Pierresome stuff (shoes。。。) you left in my appartment.

He is in Beijing now and you can ask him about it.

M

3

Echo,

It is my third day in Calcutta. I walk all day long, the city is very noisy, crowded, polluted, dirty, colorful as everywhere in India. But at the same time it looks like a traditional western city with big avenues and sidewalks. It is like India in a European frame.

The wedding is starting tomorrow. Then I will spend a few days in a small town in the countryside and go back to Delhi to see my friends.

I think of you often. It would be so nice if you were here with me.

I hope you are doing well. How was your trip back, your first days in Beijing ? Did you do your interviews ?

Love.

M

没有能够对他说出的话

　　这是他给我的最后几封信。在他去印度参加朋友的婚礼时,我已经回到了北京。我给他回了一封信,信里用怎样冷酷的语言对他说了怎样的话,现在我不想回忆。
　　他会恨我吗?会误会我吗?
　　我是说了实话,做了一个应该的举动吗?
　　或者我应该把朋友做下去,让一切顺其自然?
　　让他一直对北京心存希望,或者时间一长让他自然对我淡忘?
　　我不知道为什么要结束一切,刚刚回到北京,就考虑断绝刚刚发生的一切。
　　长痛不如短痛,但愿他不恨我,但愿他理解我,但愿我的回避能有机会对他另做补偿。
　　我在我的城市,过着原本属于我的日子,生活渐渐正常起来,大多数时候独自一人,有时会和男人约会,即使和神秘男子走到一起相信最后也会分开,美好的故事都会笼上一丝淡淡的忧伤。
　　我们都习惯了自己一人舔平内心的伤口,一人面对一套大而空荡的房子。
　　就是这样,生活在自己的城市,拒绝很多过于细致的温情。

我们害怕。已经喜欢与不过分纠缠的人和东西打交道，已经习惯于君子之交淡如水。

亲爱的摩尔，我和你分手，绝不是因为爱别人胜过爱你，其实还是那句话，也许我谁也不爱，包括自己。或者爱只是一个阶段一个阶段里发生的事情，它和日常生活无关。

生活的本质只是一个人待着。人和人之间彼此需要的并不多，彼此走近有时只会徒生误解。这是我最敬佩的一个同行说的。

我们都太脆弱了。

爱太沉重，难以承担，害怕你对我好，害怕我让你失望，害怕你总有一天会对我不好——想起这些麻烦我就头疼。

你也许理解不了，像我这样内心天生黑暗的孩子。

我已不渴望谁来把我拯救。

你像天堂里的人，总想带给我光明和快乐，可是你不知道习惯于黑暗的，只有一个人待在黑暗里在最孤独的时候才会感到最舒服。那才是真正属于我的地方，我不需要别人来为我操心。

拒绝温情，拒绝善解人意，拒绝拉我一把，拒绝往高处流——真正的我不是神采飞扬，而是沉闷的，无聊的，神经质的，病态的，喜怒无常的，不求上进又总是跃跃欲试的，矛盾的，饥渴又情愿死去活来的。

真正属于我的不是高朋满座，不是在家里招待客人，不是陪着你过温暖的按部就班的日常生活，那样的生活让我感到窒息，我甚至没有耐心那样地过完一个月——在巴黎的最后时间，我是装的了，强撑着自己配合你过着你想要我快乐和满意的日子，接受你为我安排的一切节目，见那些人那么多好心的朋友。内心却不止一次地想快点回到我的洞穴里去，一个人，只需要一个人，不用开灯，不用别人陪伴和打搅，不用说一句多余的废话，就让我在暗处想入非非，就让我躺着一动不动，犹如死去了一般。

即使死，我也喜欢无人问津，在阳光的外表下，请原谅我真的这样想。

我对你很不讲道理，不近情理。只有对爱我的人，才如此放肆和绝情。

我常常欺负对我好的人，好像那是一种错，原本不值得人错爱，对我好原来也会让我害怕。

我承认你的好，无可比拟。

现在，我孤独地写着这一切，回想着你曾经对我的好，正是你对我的惩罚，我在用文字向你赎罪。

我的巴黎王子，我的欧洲情人，在你可能早已不再爱我的时候，我想对你说我爱你。请允许我对你说我爱你。请允许我把你锁在永恒的记忆深处，如同莫里亚克。

2003年5月11日～7月21日 北京南湖东园初稿
2017年3月7日再次修正于南京鼓楼区上海路柴米吧

后记

我与黄爱东西

本来以为要结束日本之旅，回到家乡才会有时间来写她，没想到昨夜我们在朋友圈勾搭了几句，竟然让我失眠，很晚入睡，今天感觉不想出去玩了，这次的日本之旅京都的最后一天就想留在房间写关于她的文章，明天一早再踏上去福冈和九州的新干线。

十五六年前黄爱东西给我的书写过一篇书评，那时候我还是她笔下的一只美丽的小狐。我们俩一个在广东，一个在上海北京很多年，现在已经忘记最初究竟是如何认识。她对我来说，就是一个奇怪的缘分。不是那些经常见面吃饭嘻嘻哈哈的闺蜜，很少聊天，但天生的我觉得她懂得我，我也懂得她。

1995年左右黄爱东西出名的时候我还是上海躲在评论家前夫身后的乖乖女，那时候她活得张牙舞爪恣意妄为，扛着小女人散文各种名头，同时在上海《新民晚报》等各种媒体上开十几个专栏，照片上的她艳若桃李冷若冰霜，那恰是我的心头之好。

在相对而言孤单寂寞安分守己的上海五年婚姻生活中，我读着《新民晚报》上她的专栏，渴望着挣脱枷锁，像远在羊城的黄爱东西一样活得标新立异，色彩鲜明。我的婚姻是被金牛座男人压制和压抑的生活，选择新衣服都要求不要在店里乱看，他说哪件好就买哪件，因为他知道什么适合我。我前夫不喜欢我犯错误，可是天知道我有多少渴望犯错和犯罪的激情无处发泄。

我在上海的最后一个记忆停留在二十年前，我和前夫坐在一个咖啡馆的窗前，而黄爱东西披散着满肩秀发双目迷离梦游一般走过我们的面前，我叫住了她，然后隔窗寒暄后她再次风里云里离我远去。那时我好爱她，如同爱一种遥远，一种自由。如同爱一种天性中真实的召唤，这种召唤终于在很多年后让我成为和当时的她一样的人，但是当我独立成长四处漂游之后，她倒在岭南山间过起了隐秘的居家生活，这就是后话了。

女作家中，黄爱东西写作上是最有奇特角度的，她在中山大学学的是生物，专长是研究各种动物和植物的生存和繁衍，她看待人也像研究那些动植物一样的，曾经在她写报刊上性专栏的时候，很多朋友看到有各种性方面的史料八卦都转发给她，我也在看到某些重口味恶趣味的时候会想到她，告诉别的女人会很奇怪，但是面对她就会很坦然，明白她可以接受那些，似乎她的身体里还有科学家的一部分。

她曾经说过写作也可以归入性炫耀的一种，性荷尔蒙启动时，会唱歌的能跳舞的，会写诗的会画画的，长得好的蹦得高的，会赚钱的能掌权的，心灵的手巧的，诸如此类都有吸引力的优势。人类进化出来的优势炫耀花样百出，如果光用在求偶上，好像这成本是太高了些。

在我们本来可以勾引男人的年龄，都花了那么多时间在纸上勾引大众，现在想想真是可惜，但又宽慰，勾引再出色的男人最后不过是春梦一场了无痕，而写作最后会让我们著作等身德高望重。尽管我一点也不喜欢德高望重，到现在依然是内心反叛的，可是生活或者情感，慢慢变得越来越简单，从这一点来说，黄爱东西转身去过田园生活，每天种花看草遛狗玩猫也是一个最好的选择。

我没有完成黄爱东西对我成为情色文学写作者的建议，按照她心目中如同一个小母兽一般的我，年轻时渴望人见人爱，花见花开，经常要征服那些所谓男人中的英雄和他们谈一段恋爱的我来说，写写情色小说确实很对路子，但目前还没到时候。希望六七十岁真的不再有情色经历英雄梦想，那时我能成为一个很好的情色作家，丝毫不比法国女人差。在2017年春天推出的由栗宪庭先生题写书名，艺术家喻红向京，作家王安忆，洁尘韩东推荐，黄爱东西做序，我自己写这篇后记的新书中，依然如故是文艺的，旅行的，散漫又想入非非波式风格的。

去年夏天我在广州宣传完上一本新书《像候鸟一样飞》之后，和黄佟佟及哥们斌一起去黄爱东西的家里吃饭。那个下午是我们大概十来年不见，黄爱东西身上有了仙气加巫气混合的师爷风采，点口小烟说话慢条斯理，什么事都能说出背后的道理。这种风采往昔我还曾经在作家阿城身上看到过。

而我已经经历了好几次人生劫难，放弃上海离婚逃到北京，2008年还被火烧，经历半边脸和身体反复手术各种剧变之后，她带我在他们小区平静地散步看莲雾或者花树，她看我的身体一句感叹是你的波还是很大。我想我会爱她到永远，某种程度上来说我们是热爱八卦的同类。感谢智慧女神黄爱东西还在写作，腾讯大家等地都有她的专栏。

是为后记。
写于日本京都清水五条。

赵波

2016年12月8日

赵波出版作品年表

1998年出版随笔集《奇迹与心空》，长春出版社
2000年3月出版小说《情色物语》，中国对外翻译出版公司
2000年5月出版随笔《快乐无罪》，昆仑出版社
2000年10月出版小说《假发下的伤心人》，新世界出版社
2001年9月出版小说《青春如跳蚤》，安徽文艺出版社
2001年9月出版小说《混合起司》，现代出版社
2001年9月出版小说《烟男》，花山文艺出版社
2002年8月出版小说《谈一个维他命爱情》，作家出版社
2002年8月出版小说《口香糖生活》，作家出版社
2002年1月出版小说《隐秘的玫瑰》，百花文艺出版
2003年10月出版随笔《赵波情爱宣言：快乐的单身猪》、《赵波

情爱宣言：路上的露》，中国盲文出版社

2003年7月出版小说《再生花》，上海文艺出版社

2004年8月出版小说《影子情人》，中国文联出版社

2005年9月出版小说《北京流水》，上海文艺出版社

2009年6月出版小说《浮生·十二怨》，万卷出版公司

2009年6月出版小说《双重生命》，万卷出版公司

2009年6月出版小说《都市女巫》，万卷出版公司

2009年6月出版小说《巴黎情事》，万卷出版公司

2015年5月出版随笔集《像候鸟一样飞》，江苏凤凰文艺出版社